세상 끝의 세상

세상 끝의 세상

루이스 세풀베다 지음 정창 옮김

씨네스트

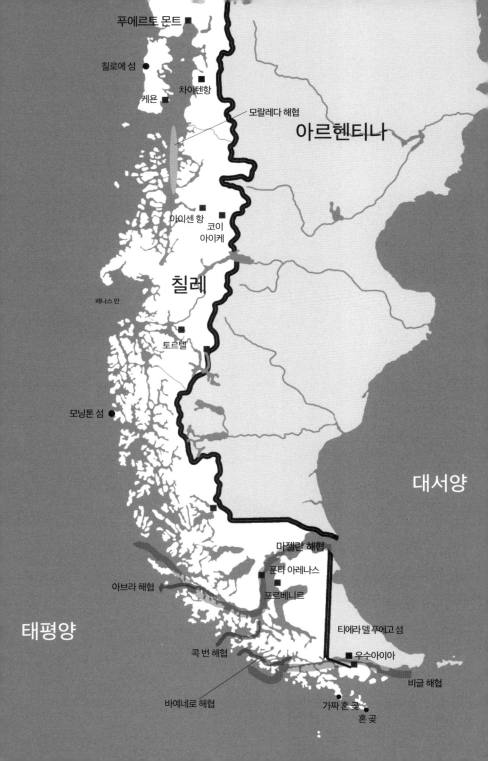

파타고니아와 티에라 델 푸에고를 지키는 내 칠레 친구들과

아르헨티나 친구들에게.

그들의 후한 환대를 기억하면서

그린피스의 모함(母艦),

새로운 '레인보우 워리어'의 승무원들에게

지구 끝 세계의 방송,

코이아이케의 '라디오 벤티스케로'에게

차례

제 1 부

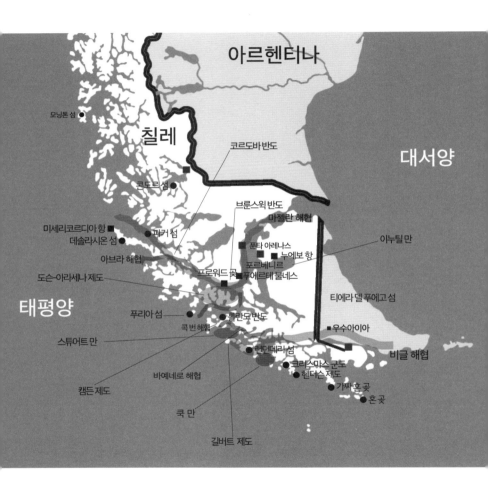

1

'나를 이슈미얼로 불러달라.'[1]

함부르크 공항에서 나는 출국 시간이 가까워질수록 얇은 여권에 더해지는 어떤 알 수 없는 힘의 무게를 느끼며 마음속으로 그 구절을 되풀이하고 있었다.

나는 공항 출입국 관리소를 통과하고 나서 천천히 탑승자 대기실을 향했다. 손에 든 가방 속에는 사진기와 수첩 외에 책이 한 권 들어있었는데, 그것은 책에 밑줄을 긋거나 주석을 다는 사람들을 경멸했던 내가 세 번을 읽는 동안 감탄 부호나 강조 표시로 꽉 채웠던 브루스 채트윈의 《파타고니아에서》였다. 나는 칠레 산티아고 행 비행기에서 그 책을 다시 읽을 생각이

---

1) 허먼 멜빌의 《모비 딕》에 나오는 첫 문장.

었다.

　나는 늘 칠레로 돌아가고 싶었다. 그러나 마음과 달리 결정적인 순간에 두려움에 짓눌렸고, 그러다 보니 그곳에 있는 형제들이나 친구들을 다시 만나겠다는 생각마저 시들어버린 지 오래였다.

　나는 오랫동안을 정처 없이 돌아다녔다. 한때는 크레타 섬의 조그만 어촌 마을인 이에라페트라스나 아스투리아 지방의 비야비시오사 같은 고즈넉한 도시에 정착하고 싶은 적도 없지 않았다. 그러던 어느 날, 내 손에 책이 하나 쥐어졌는데, 그것은 내가 망각한 것으로 믿고 있었던, 나를 기다리고 있었던 세상, 세상 끝의 세상을 일깨워주었다.

　그 책을 읽고 난 뒤, 내 마음은 더욱 간절해졌다. 그러나 파타고니아는 단순한 여행자의 생각들 너머에 있었고, 그 거리는 우리의 기억이 마치 바다에 떠오르는 부표들처럼 선명해질 때야 제모습을 드러내는 것처럼 아득하기만 했다.

　함부르크 공항 탑승객 대기실에는 여행객들이 면세

점을 들락거리거나, 바에 앉아 대화를 나누거나, 초조한 표정을 감추지 못하거나, 여기저기 빛나는 전자시계와 자신의 손목시계가 가리키는 시간이 맞는지 확인하고 있었다. 그들이나 나는 이제 곧 탑승 데스크를 지나 활주로에 대기 중인 비행기까지 버스로 이동할 참이었다. 그사이 나는 24년 만에 돌아가게 될 세상 끝의 세상을 떠올렸다.

2

어린애나 다름없던 그 시절, 나는 따분한 일상이나 권태와는 거리가 먼, 내 삶의 근간이 되어줄 모험을 꿈꾸었다.

혼자가 아니었다. 나에게는 안달루시아 출신의 염세적인 할아버지보다 바스크 출신 할머니의 저돌적인 성격을 물려받은 페페 삼촌이 있었다. 페페 삼촌은 에스파냐 내전 당시 국제여단에 자원병으로 참전했다. 헤밍웨이와 함께 찍은 사진을 자신의 긍지이자 유일한 자산으로 여겼던 그는, 나에게 인생의 길을 발견하고 그 길을 걸어가야 할 필요성을 끊임없이 제시했다.

그러나 페페 삼촌은 집안에서 내놓은 자식 취급을

받는 처지였고, 그랬기에 내가 성장할수록 우리 두 사람의 만남은 은밀하게 이뤄졌다.

나는 삼촌 덕분에 쥘 베른, 에밀리오 살가리, 잭 런던 같은 내가 절대 잊지 못할 작가들의 책들과 가까워졌다. 내 인생의 지침을 마련해 준 책 허먼 멜빌의 《모비 딕》도 그중 하나였다.

그 책을 14살에 읽었다. 그리고 16살이 되던 해에 더는 남쪽 바다의 부름을 피할 수 없었다.

칠레의 여름 방학은 12월 중순에 시작해서 이듬해 3월 중순에 끝난다. 이미 여러 번 읽은 책을 통해 아메리카 대륙의 남단 부근에 소형 포경선들이 닻을 내리고 있다는 사실을 알았던 나는, 그곳에서 일하는 에이허브 선장[2]의 후예인 뱃사람들을 만나보고 싶었다.

문제는 부모님의 승낙이었다. 그러나 페페 삼촌은 당신들에게 그 여행의 필요성을 설득시켰을 뿐만 아니라 몬트 항으로 가는 여비까지 쥐여 준 든든한 후원자 역할도 마다하지 않았다.

드디어 세상 끝의 세상을 향하는 첫 여행이 시작되

2) 《모비 딕》의 등장 인물.

었다. 나는 기차를 타고 산티아고에서 1천여 킬로미터 떨어진 푸에르토 몬트로 갔다. 철로는 항구 도시인 그곳에서 뚝 끊기는데, 거기서부터 지구 남단까지의 칠레 영토는 수천 개의 크고 작은 섬과 운하와 해협과 만으로 이루어진 바다, 그리고 산맥과 만년설, 넓고 좁은 협곡과 빙하, 변덕스러운 강으로 이루어진 육지로 나뉜다.

내가 '에스트레야 델 수르[3]' 호의 수습 선원으로 일하게 된 것도 페페 삼촌의 배려였다. 몬트 항에서 파타고니아 남단에 자리한 푼타 아레나스, 혹은 티에라 델 푸에고에 있는 지구의 최남단 우수아이아를 연결하며 화물과 여객을 실어 나르는 그 배의 선장은 미로슬라프 브란도비치였다. 그는 유고슬라비아 출신 이민자 집안의 후손으로, 에스파냐 내전과 나치에 대항한 프랑스 무장게릴라 단체와 함께하다가 내 삼촌을 만났다.

항해 기간은 1주일, 최종 목적지인 푼타 아레나스까지는 수천 마일이었다. 배는 먼저 칠로에 섬에 산재

---

3) Estrella del Sur. '남극성'이라는 뜻.

한 수심 얕은 항구나 연안에 정박해서 감자와 양파와 마늘이 담긴 자루들과 두꺼운 양털 판초가 들어있는 궤짝들을 실은 다음, 모랄레다 해협의 북쪽 어귀와 평온한 차카부코 항까지의 유일한 항로인 아이센 대협만을 향해 코르코바도 만의 거센 물살을 갈랐다.

차카부코 항은 산맥으로 에워싸여 있었다. 그곳에서 배는 몇 시간 동안 흘수가 허용하는 한계 내에서 육류를 실었고, 왔던 항로를 되돌아 다시 공해상으로 나갔다.

아이센 대협만 출구와 모랄레다 해협까지는 서북서 방향이었다. 이어 모랄레다 해협부터는 간간이 바다 위를 떠다니는 빙하 때문에 배들이 꼼짝없이 갇히는 꽁꽁 얼어붙은 산 라파엘에서 멀어지며 북쪽을 향했다.

배는 북쪽으로 수 마일을 더 이동한 후에 서쪽으로 뱃머리를 틀었고, 구아이테카스 군도를 가로지르며 남쪽으로 직진하기 위해 공해상으로 접어들었다.

에스트레야 델 수르 호가 몬트 항을 출항한 순간부

터 주방 보조인 나에게는 감자 껍질 벗기는 일이 주어졌다. 항해 중에 내가 껍질을 벗긴 감자의 양을 무게로 환산하면 족히 수천 킬로그램은 되었을 것이다. 새벽 5시에 일어나 취사를 돕고 승무원들의 식탁을 준비하기도 했지만 주로 감자 껍질을 벗겼다. 접시와 냄비를 씻고 나서도, 화장실 청소를 끝낸 뒤에도, 스테이크 기름을 제거한 뒤에도, 엠파나다[4]에 들어갈 양파를 썰고 난 뒤에도 감자 껍질을 벗기고 또 벗겼다. 내가 뱃사람들의 삶에 대해 배울 수 있는 시간이라곤 선원들이 교대로 지친 잠에 곯아떨어진 휴식 시간이 전부인 셈이었다.

엿새째 되는 날, 아침 식사가 끝난 시간에 브란도비치 선장이 나를 불렀다. 감자 껍질을 벗기느라 손가락에 굳은살이 박힌 것도 뿌듯한데 호출까지 하다니.

"수습 선원, 올해 몇 살이라고?"

"열여섯이지만 머잖아 열일곱 살이 됩니다, 선장님."

"수습 선원, 저쪽 좌현에 빛나고 있는 게 뭔지 아나?"

---

4) 빵 반죽 안에 다양한 속재료를 넣고 반죽을 반으로 접어 굽거나 튀긴 스페인의 전통 요리

"등대입니다, 선장님."

"파체코 등대라고, 여느 등대들과는 다를 걸. 지금 그루포 에반헬리스타스 앞을 항해 중인 우리는 마젤란 해협을 통과할 준비에 들어갈 텐데, 자네에게도 손자들에게 들려줄 얘깃거리가 생겼으니까." 이어 선장은 나의 존재를 잊은 사람처럼 조타수에게 지시를 내렸다. "좌현으로 45도, 중속으로!"

겨우 열여섯 살의 나이에, 나는 짜릿한 행복감에 휩싸였다. 그날은 낮에도 행운이 뒤따랐다. 감자 껍질을 벗기려고 주방에 내려갔는데 조리사가 메뉴를 바꾸어 따로 할 일이 없었다.

그날 나는 갑판 위에서 칠로에 산 판초를 푹 뒤집어쓴 채 반나절을 보냈다. 계절은 한여름인데 태평양의 차가운 해풍이 뼛속까지 파고들었다. 그사이 동남쪽으로 항해 중인 배의 좌우로 많은 섬과 항구들이 눈에 들어왔다.

콘도르 섬, 파커 섬, 말디시온 데 드레이크, 푸에르토 미세리코르디아, 데솔라시온 섬, 프로비덴시아 섬,

페논 델 아오르카도…….

정오에 선장과 선원들은 조타실에서 점심을 들었다. 그들은 식사 중에도 항해도와 항해용 기기들에서 눈을 떼지 않았고, 간혹 나에게는 생소한 그들만의 언어로 대화를 나누었다.

"수습 선원, 갑판에서 뭘 했던 거야?" 커피를 마시던 선장이 나를 쳐다보며 말했다. "꽁꽁 얼어붙어 폐렴이라도 걸리면 어쩌려고?"

"해협을 구경했습니다, 선장님."

"그렇다면, 내 옆에 있어야지. 여기가 훨씬 잘 보이잖아. 수습 선원, 지금부터는 시쳇말로 지랄 같은 해역에 접어들 거야. 거친 협곡을 빠져나갈 거란 뜻이지. 잘 봐. 좌현에 상어 이빨처럼 생긴 뾰족한 암초들로 둘러싸인 곳이 코르도바 반도의 해안이야. 우현도 썩 나은 풍경은 아닌데, 저긴 데솔라시온 섬의 남동쪽 해안이고. 보다시피 이 일대는 죽음의 암초 해역인 데다, 이대로 몇 마일만 더 가면, 우리는 공해상에서 강한 조류가 밀려드는 아브라 해협과 마주치게 되지. 마젤란의 행운을 끝장냈던 지옥 같은 해협 말이야. 수습 선원, 거기 그렇게 서 있는 건 좋지만, 우요아 등대를 보기 전까지는 파리가 들어가지 않도록 입은 다물어야 할걸."

에스트레야 델 수르 호는 최저 속도로 항해했다. 오후 7시, 드디어 좌현 수평선 쪽으로 우요아 등대의 은색 불빛이 보였다. 그때부터는 마젤란 해협의 폭이 넓어지고 배의 속도가 빨라지면서 선원들이 그간의 긴장을 풀었다.

밤 11시. 프로워드 곶의 등대 불빛이 배를 어루만지듯 비추자, 브란도비치 선장은 선수를 북쪽으로 돌리도록 지시했고, 그 순간을 기다리던 조리사가 허기진 승무원들의 식사 준비를 위해 나를 불렀다.

나는 식기와 접시를 닦은 뒤에 다시 갑판으로 올라갔다. 선명한 밤하늘이 손을 뻗으면 별을 만질 수 있을 만큼 가깝게 느껴지고, 저 멀리 보이는 도시의 불빛 역시 지척에 있는 기분이 들었다.

푼타 아레나스는 브룬스윅 반도의 서쪽 해안에 솟

아 있다. 그쪽에서 마젤란 해협의 폭은 대략 20마일 이다. 반대편으로는 티에라 델 푸에고가 시작되고, 조금 더 남쪽에는 폭이 70마일인 이누틸 만이 해협 안쪽으로 호수 형태를 띠고 있다.

다음 날 목적지인 푼타 아레나스까지의 편도여행이 끝났다. 나는 마지막 아침 식사를 거들었고, 브란도비치 선장은 6주 후에 돌아간다는 회항 날짜를 상기시키며 거친 손으로 악수를 청하더니 봉투 하나를 건네주었다. 봉투 속에 든 지폐 몇 장은 열여섯 살의 나에게는 엄청난 금액이었다.

"고맙습니다, 선장님."

"고마워할 것 없네, 수습 선원. 조리사가 그러는데, 자네보다 나은 보조를 본 적이 없다더군."

손에는 못이 박혔지만, 주머니에는 세상에 태어나 처음으로 일을 해서 번 돈이 들어 있었다. 나는 여러 시간 동안 푼타 아레나스 시내를 돌아다닌 후에 브리토 씨 부부를 찾았다. 그들 역시 페페 삼촌이 소개한 사람들이었다.

브리토 씨 부부는 나를 반갑게 맞이했다. 그 일대를 손금 들여다보듯 빠삭하게 알고 있는 그들에게는 슬하에 자제가 없었다. 부인인 엘레나 씨는 학원에서 영어를 가르치고 남편인 펠릭스 씨는 라디오 방송 아나운서와 해양생물학 조사 활동을 병행하면서 고즈넉한 생활을 영위하고 있었다. 내가 포경사들에 대해 관심이 있다고 말하자, 펠릭스 씨는 젊어서 선원으로 티에라 델 푸에고에 정착한 뒤에 한번도 떠난 적이 없었다는 프랑스 브르타뉴 출신의 조부가 그린 그 지방의 풍경 그림과 사진을 보여 주었다.

펠릭스 씨의 집은 남부 지방에 있는 대부분의 가옥처럼 목조 건물이고, 거실에는 장작을 지피는 벽난로가 있었다. 가까운 바다의 출렁임을 들을 수 있을 만큼 조용하고 정겨운 그곳에서 티에라 델 푸에고를 마주 보며 보냈던 나흘 동안, 우리는 랜드로버에 몸을 싣고서 푼타 아레나스와 남쪽으로 푸에르테 불네스를 잇는 국도를 따라 달렸고, 저녁에는 벽난로 앞에 모였다. 그 자리에서 펠릭스 씨는 고래와 작살수(手)에 대한 이야기를 들려주었다.

그는 무슨 화제이든 재미있게 이야기하는 법을 터득한 사람이었다. 그러나 내가 원하는 것은 듣는 게 아니라 직접 체험하는 것이었다.

"머릿속이 온통 포경선을 타고 싶은 생각으로 가득 차 있으니, 어쩔 도리가 없군." 그는 가만히 앨범을 덮으며 입을 열었다. "해협을 건너 포르베니르로 가게. 요즘은 고래잡이에 나서는 포경선들이 거의 없지만, 푸에르토 누에보에서 내 지인이 배를 수선하고 있어. 아주 까다로운 사내인데, 만일 받아 준다면, 젊은이, 꿈에 그리던 모험을 할 수 있을 거야."

3

이튿날 아침 나는 여러 개의 가스통을 엮어 만든 거
룻배를 타고 해협을 건넜다. 푸에르토 누에보는 포르
베니르에서 남동쪽으로 대략 1백 킬로미터 떨어진 곳
에 있었다. 나는 포르베니르와 티에라 델 푸에고의 아
르헨티나 쪽 경계에 있는 산 세바스티안을 잇는 국도
에 서서 지나가는 차를 기다렸다.

운이 좋았던지 채 30분도 안 되어 농업부 소속 지프
가 멈추었다. 지프에는 수의사들 몇 사람이 타고 있었
는데, 그들은 멀리 산티아고에서 온 소년에게 상당한
관심을 보였다. 자갈밭이나 다름없는 국도가 이누틸
만의 북쪽 해안을 따라 펼쳐지고 있었다. 그들이 나를

누에보 항에 내려준 것은 오후 3시였다.

항구에는 바다에서 끝나는 길을 따라 아담한 목조 건물 20여 채가 쭉 늘어서 있었다. 나는 그곳에서 '에반헬리스타⁵⁾ 호'라는 배와 '바스코'라는 별명으로 알려진 선주 안토니오 가라이코체아 씨를 만나야 했다.

선착장에는 작은 배들이 여러 척 정박하고 있을 뿐 에반헬리스타 호는 보이지 않았다. 나는 이미 출항했을지도 모른다는 조바심을 억누르며 뱃밥 작업을 하고 있던 사람들에게 다가갔다.

"누굴 찾고 있나?"

"에반헬리스타 호의 선주인 안토니오 가라이코체아 씨요. 배를 수선 중일 거라고 하던데요."

"아, 바스코를 찾는군. 지금 엔진 시험차 바다에 나갔으니 곧 돌아올 거야."

막연히 기다릴 수만은 없었다. 힐금힐금 쳐다보는 그들의 시선이 거북하기도 하고 무엇보다 배가 고팠다. 나는 상점을 찾아 양쪽으로 목조 건물들이 즐비하게 늘어선 길을 따라 걸음을 떼기 시작했다. 문이 활

---

5) Evangelista. '복음전도사'라는 뜻.

짝 열린 건물을 지나갈 때 양파 튀김 냄새가 걸음을 멈춰 세웠다. 고개를 들었다. 건물에 '푸에기나 펜션'이라는 간판이 붙어 있었다. 냄새가 나를 확 끌어당겼다. 혼자서 음식점을 들어간 것은 그때가 처음이었다.

기름 램프와 조화로 장식된 식탁이 두 줄로 정돈된 홀에는 손님 한 사람 없었다. 나는 식탁 앞에 자리를 잡고 주문을 기다렸다.

"젊은이, 무얼 드시겠나?" 안쪽에서 한 여자가 나오더니 의아한 표정으로 물었다.

"먹을 것 좀 주세요. 여태 아침밖에 못 먹었거든요."

"치즈 빵이나 하나 가져다드릴까?"

"따끈한 건 없나요? 주방에서 아주 맛있는 냄새가 나던데. 아주머니, 음식값은 염려 마세요."

"사실 미성년자에게는 주문을 받을 수 없어요. 카라비네로스[6]가 벌금을 물리거든."

나는 기분을 잡쳐 자리에서 일어났다. 나이가 어리다는 게 그 순간처럼 못마땅한 적이 없었다.

"기다려요, 젊은이." 그녀가 이제 막 문턱을 나서려

---

6) Carabineros de Chile. 군대 성격을 띤 칠레의 보안 경찰-역주

는 나를 불러 세웠다. "양파와 감자 칩을 곁들인 양고기 한 조각을 내올 테니 먹고 가도록 해요."

'한 조각'이란 게 구운 양고기 다리 절반이었다. 나는 음식을 게걸스럽게 먹어 치우는 동안, 산티아고에서 반복되는 일과로 방학을 따분하게 보내고 있을 친구들을 떠올렸다. 그들은 한 달 동안 발파라이소나 카르타헤나 해변에서 온몸에 자외선 보호 크림을 바른 채 지루한 여름의 오후를 배회하고 있을 것이다. 반면에 나는 채 2주일도 지나지 않는 기간에 선원 생활도 해보았고, 손바닥에 못이 박혔지만 마젤란 해협도 통과했으며, 덕분에 돈도 벌어 지구 끝 세계에서 이렇게 양고기를 뜯고 있지 않은가. 그런데 그런 나의 행복한 상념을 어떤 무거운 음성이 깨트렸다. 카라비네로스 두 명이 이제 막 말에서 내린 사람들 특유의 어색한 걸음걸이로 다가왔다.

"젊은이, 여기서 뭘 하는 거야?" 제복이 물었다.

나는 대답하기 전에 재빨리 씹고 있던 음식을 삼켰다.

"안토니오 가라이코체아 씨를 기다리는 중입니다. 푼타 아레나스에서 전갈을 가져왔는데, 시험 운항을 나갔다더군요. 그분을 기다리다가 배가 고파 뭘 좀 먹을까 해서….."

"동포 젊은이, 여기 사람이 아니군. 말이 많잖아. 혹시 가출한 건 아니고? 어디 출신이지?"

"산티아고에서 왔습니다."

제복은 나의 대답에 흠칫 놀라는 눈치였다.

"좋아, 신분증은 소지했겠지?"

나는 거의 새것이나 다름없는 신분증과 부모님이 서명한 공증서를 함께 건넸다. 제복이 허가서를 입술로 읽었다.

'우리는 본 허가서를 소지한 자의 법적 책임자이자 보호자로서 본 허가서 소지자에게 우리 국토의 남쪽 지방 여행을 허락한다. 본 허가서는 3월 10일까지 유효하며……'

"떠돌이잖아. 카보[7], 어떻게 생각해? 산티아고 출신의 동포 젊은이인데 멋지잖아. 아직도 자신의 국토에

7） cabo. 경장에 해당하는 계급-역주

애착을 갖는 칠레 인이 있다니 대단하지 않아?"

이어 제복은 나에게 서류를 돌려주며 호의적인 음성으로 물었다.

"양고기는 어때?"

"맛있습니다."

바로 그때 홀 안으로 두 사람이 들어섰다. 산티아고식으로 표현하자면 장롱만한 체구들이었다.

"양반 되긴 틀렸군." 제복이 아는 체를 했다. "바스코, 여기 젊은 동포가 찾고 있다네요."

바스코라고 불리는 사내는 프라이팬처럼 생긴 커다란 베레모를 벗고 나를 위아래로 훑어보더니 자신의 동행을 향해 어깨를 으쓱하며 중얼거렸다.

"그래서 여기 대령하지 않았나."

그러고는 손가락을 끄덕여 나를 불렀다.

왠지 첫 느낌이 좋지 않았다. 제복들이 지켜보는 자리에서 여행 목적을 털어놓기가 어색했다. 그러나 때마침 나와의 용무를 마친 제복들이 음식점을 나섰다.

"앉게. 그래, 무슨 일인가, 동포?"

"저는…… 산티아고에서 왔는데……. 푼타 아레나스에 들렀더니, 펠릭스 브리토 씨가 안부를 전하더군요."

"고마운 일이군. 그래, 뭘 좀 마셔야지?"

"고맙습니다. 저는 레모네이드를……."

그러나 내 말은 바스코 씨의 동료가 주방을 향해 소리를 치는 바람에 중단되었다.

"도냐 에밀리아! 여기 치차[8] 한 통 내오고, 우리 젊은 동포에게는 맛깔나는 주스를 가져다줘요!"

칠레의 남부 지방에서 사용되는 억양과 특유의 축소어가 몸집 큰 사내의 혀끝에서 기막히게 어우러졌다.

잠시 후, 나는 아주머니가 가져온 음료를 입에 대는 순간 결코 잊을 수 없는 또 하나의 추억을 간직하게 되었다. 남극의 매서운 바람에 맞서 두꺼운 껍질로 하얀 속살을 보호하고 있는 티에라 델 푸에고 지방의 사과는 주로 이민자들이 재배하기 시작한 것으로 빛바랜 커피색처럼 칙칙한 데다 볼품없이 생겼지만, 과즙만큼은 어느 과일과도 견줄 수 없이 달콤했다.

---

8) chicha. 주로 옥수수를 재료로 해서 빚은 라틴아메리카의 대중적인 술의 일종. 칠레에선 옥수수 대신 사과, 포도, 배 등으로 빚기도 한다.

"위하여!" 바스코 씨의 동료인 판초 아르멘디아 씨가 잔을 들었다. 그는 바스코 씨의 동업자이자, 대부이자, 고래잡이배의 2인자이자, 작살잡이이자, 가장 가까운 친구였다.

두 사람이 식탁에 차려진 푸짐한 양고기 다리를 뜯는 동안, 나는 그다지 편치 않은 마음으로 사과 치차를 홀짝홀짝 마셨다.

"펠릭스 씨가 보내셨다고." 한참 만에 바스코 씨가 물었다. "그렇다면 동포 젊은이, 자네에게 뭘 해드려야 하나?"

기다리던 질문이었다. 나는 산티아고를 떠나기 전에 맨 처음 만나는 포경사에게 할 말을 준비했었지만, 말없이 양고기를 뜯고 있는 두 사람 앞에서는 막상 입도 뻥긋하지 못하던 참이었다.

"저를 데려가 주십시오. 기간은 짧아도 좋으니, 딱 한번만 따라가게 해 주세요."

두 사람은 서로의 얼굴을 쳐다보았다.

"동포 젊은이, 우리 일은 게임이 아니야. 힘들어. 아니 그 이상이라고."

"알고 있습니다. 많지는 않지만, 배도 타보았거든요."

"지금 몇 살인지 물어봐도 될까?"

"열여섯 살입니다. 하지만 이제 곧 열일곱 살이 됩니다."

"이봐, 학교는 안 갈 거야?"

"지금은 여름 방학이라 여기 온 겁니다."

"이봐, 배는 어디서 타봤지?"

"에스트레야 델 수르 호요. 사실은 푸에르토 몬트에서 푼타 아레나스까지 항해하는 동안에 주방 보조로 일했습니다."

"이봐, 그 폴란드 사람과는 아는 사이야?"

"브란도비치 선장님 말씀인가요? 저는 그분의 성을 보고 유고슬라비아 출신으로 생각했습니다."

"여기선 '키' 혹은 '이치'로 끝나는 이름을 가진 사람들을 무조건 폴란드 사람이라고 부르지." 판초 씨가 내 말을 받았다.

대화가, 그런 것도 대화라고 부를 수 있는지 모르겠

지만, 나로서는 답답하고 암담하기 이를 데 없었다. 두 사람이 식사 중에 툭툭 내던지는 질문에 꿈이 사라져가고 있었다. 나를 부를 때마다 입버릇처럼 내뱉는 안토니오 씨의 '이봐' 하는 소리도 슬슬 듣기 싫어졌다. 그때 한 무리의 사람들이 들어왔다. 조금 전에 선착장에서 배를 수선하던 뱃사람들이었다. 그런데 나를 대하는 그들의 친절이 바스코 씨와 판초 씨의 관심을 돌려놓았다.

"동포 젊은이는 뭘 할 줄 알아요?" 이번에는 다른 아주머니가 끼어들었다.

나는 할 줄 아는 게 많지 않았다.

"요리를 할 줄 압니다. 사실은 조금요."

내 대답을 바스코 씨가 받았다.

"이봐, 그러니까, 요리를 할 줄 안다는 거네."

바스코 씨는 내 말을 믿지 않는 표정이었고, 나는 그가 제발 꼬치꼬치 캐묻지 않기를 마음속으로 빌었다. 그 순간 다행히도 나이프로 양고기 뼈를 발라 먹고 있던 판초 씨가 다른 질문을 던져 안도의 한숨을 내쉴 수 있었다.

"동포 젊은이, 포경선을 타고 싶은 이유가 뭐지?"

"그건……, 사실 어떤 책을 읽었습니다.《모비 딕》
이라고, 두 분도 잘 아실 텐데요?"

"난 모르겠어. 내 생각엔 바스코 씨도 읽지 않았을
걸. 여기선 책을 거의 읽지 않거든. 그게 어떤 소설인
데?"

산티아고에서, 적어도 친구들 사이에서, 나는 영화
이야기를 잘하는 인물로 소문이 나 있었다. 처음에는
다소 더듬거렸지만, 내 입에서 에이허브 선장의 일대
기가 흘러나오자, 두 사람뿐만 아니라 옆 좌석에서 대
화를 나누던 사람들도 귀를 기울이기 시작했다. 나는
기억을 되살리면서 줄거리를 이어가느라 안간힘을 썼
다. 나 자신의 기대를 저버릴 수 없었다. 그들은 내 이
야기에 집중한 채 소리가 나지 않도록 주의하면서 몇
번이고 내 잔에 사과 치차를 따라 주었다. 그렇게 두
시간이 흘렀다. 그날 허먼 멜빌은 내가 그의 작품을
어느 정도 각색했음을 이해해 주었을 것이다. 마침내

이야기가 끝났다. 그들은 한동안 말없이 생각에 잠겨 있다가 내 어깨를 톡톡 쳐주면서 각자의 자리로 돌아갔다.

"이봐, 모비 딕이라……." 바스코 씨가 한숨을 내쉬며 중얼거렸다.

그들이 음식값을 치렀다. 나는 그토록 기다렸던 모험이 여기서 끝났다고 생각하니 가슴이 아팠다.

"자, 이제 가자고." 판초 씨가 말했다.

"저도요? 저를 데려가는 겁니까?"

"물론이지, 동포 젊은이. 더 어둡기 전에 장비 정리를 해야지. 내일은 아침 일찍 출항할 거야."

4

에반헬리스타 호는 생각보다 작은 배였다. 고래를 잡더라도 그 큰 몸집을 어떻게 끌어올리게 될지 얼른 이해가 안 될 정도였다. 바스코 씨와 판초 씨는 선수에 설치된 작살포와 작살, 우현과 선미에 하나씩 매달린 보트를 지탱하는 도르래와 밧줄을 점검하거나 감자와 육포, 소금 등 어로 기간에 필요한 식량과 연료를 확인했다. 전장이 15미터인 배를 둘러보는 동안에 나는 뱃사람들에게 정리 정돈이란 게 얼마나 중요한 일인지를 새삼 깨달았다.

갑판 밑에는 여러 개의 드럼통과 나로서는 처음 보는 도구나 기구들이 구비 되어 있었다. 선수 쪽으로는 간이침대 5개와 원통형 관이 눈에 띄었는데, 그 관은 조타실과 연락을 취할 때 사용했다.

전날 나는 바스코 씨와 판초 씨가 함께 쓰는 오두막에서 잠을 청했다. 그곳은 한 해의 대부분을 포르베니르에서 가족들과 함께 지내는 그들이 고래를 잡는 기간에 사용하는 항구의 거처인 셈이었다.

"판초, 우리가 어딜 가게 되는지 동포 젊은이에게 알려주게."

판초 씨는 테이블 위에 항해도를 펼쳐 놓고 손가락으로 항로를 가리키며 입을 열었다.

"여기가 누에보 항, 지금 우리가 있는 곳이지. 먼저 서쪽으로 보케론 해협까지 갔다가, 거기서 마젤란 해협으로 들어선 다음에 뱃머리를 남쪽으로 돌리면 프로워드 곶 근해가 나올 거야. 항해 거리는 대략 130마일, 항로는 순탄한 편이지. 프로워드 곶이 눈에 들어오면, 우리는 서북서 방향인 해협을 벗어나 남쪽으로 방향을 잡을 테고, 도슨-아라세나 제도 앞까지 갔다가 콕번 해협 북쪽 입구로 들어설 거야. 거기서 남쪽으로 30마일 지점에는 롤란도 반도가 있는데, 그 앞에서 서북서 방향으로 캠든 제도 주위를 곡선을 그리며 40마일 정도 이동하면 푸리아 섬의 공해상이야. 그리고 곧바로 길버트 제도를 마주하고 있는 스튜어트 만까지 남동쪽으로 다시 곡선을 그리면서 30마일 정도를 더 이동할 거야. 라디오 기상 예보에 따르면, 잔물결이 예상된다더군. 이어 스튜어트 만에서 동쪽으로 20마일을 더 가면 바예네로 해협이 시작되는데, 거기, 런던데리 섬의 북쪽 해안에는 포획한 고래를 처리하는 공장이 있어. 마지막으로 몇 마일만 더 동쪽으로 이동하면, 비글 해협과 고래들이 기다리는 쿡 만이고. 동포 젊은이, 이제 좀 쉬어야 하지 않겠나. 잘 자게."

먼동이 틀 무렵, 에반헬리스타 호가 출항했다. 배에는 바스코 씨와 판초 씨 외에도 말이 거의 없는 칠로에 섬 출신의 선원 둘, 그리고 요리와 배전 업무를 담당하는 아르헨티나 선원이 타고 있었다. 아르헨티나 선원은 주방 출입을 일절 허용하지 않았다. 나는 갑판 밑에서 온종일 지내고 싶지 않았던 터라 안도하면서도 아무것도 할 일이 없어 마음이 편치 않았다. 다행히 판초 씨는 그런 내 입장을 고려해 조타실에서 수신기에 귀를 갖다 댄 채 기상 예보를 듣는 '라디오 수신' 업무를 맡겼다. 나머지 일은 키가 작고 근육질인 칠로에 섬 출신 두 사람의 몫이었는데, 바스코 씨의 귀띔에 따르면 남극해를 통틀어 최고의 선원이라고 했다.

에반헬리스타 호는 간밤에 판초 씨가 설명한 항로를 따라 순탄하게 항해했다. 날이 어두워지면서 평균 속도의 4분의 1 정도를 유지하며 콕번 해협으로 들어서자, 그때부터 바스코 선장은 공해상으로 빠져나가는 새벽까지 키를 놓지 않았다.

그날 나는 세상에 태어나서 또 한 번 잊지 못할 광경을 목격했다. 캠든 제도 해역에서 돌고래 떼가 출현한 것이다. 배 옆을 스치듯 다가온 돌고래 떼의 날렵한 유영 앞에서 말수가 적은 칠로에 출신 선원들도 어린애처럼 행복한 웃음을 지었다. 돌고래들의 유영은 거의 두 시간 동안 계속되었고, 우리들의 휘파람 소리와 외침에 더 큰 도약으로 화답하면서 스튜어트 만 입구까지 앞서거니 뒤서거니 배를 호위했다.

바스코 선장이 런던데리 섬의 한 포구에 정선 명령을 지시한 것은 다시 여러 시간 동안 바예네로 해협의 잔잔한 물살을 가른 뒤였다. 칠로에 섬 출신 선원들이 보트 두 척을 내려 수면 위에 띄웠고, 갑판 밑의 드럼통들을 실어 포구에 있는 목조 건물로 옮겼다. 공장 같은 구조물 주위에는 나뭇등걸처럼 보이는 형체들이 여기저기 흩어져 있었다.

바스코 선장의 호의로 뭍에 내린 나는 건물 주변으로 다가갔다. 배에서 본 나뭇등걸 같은 형체는 자갈과 조개껍데기가 널려진 해변에서 화석화된 수백 마리에 달하는 고래의 잔해였다.

"동포 젊은이, 기분이 어때? 장담컨대, 이런 광경은 소설에도 나오지 않을걸. 이곳이 바로 고래들의 종착지야. 포에서 발사된 작살이 고래 등에 꽂히고 작살잡이 손에 숨이 끊긴 고래들이 실려 오면, 여기선 칼로 몸통을 해체한 뒤에 소금에 절여 통에 담는 거야. 찌꺼기는 갈매기나 바다 까마귀의 밥이 되고. 어때, 섬을 한번 둘러보겠나? 여기서 남쪽으로 조금만 가다 보면, 물개와 바다코끼리 서식처가 나올 거야. 너무 멀리는 가지 말게."

멀리 갈 것도 없었다. 얼마 떨어지지 않은 곳에 물개와 바다코끼리, 펭귄, 바다 까마귀 같은 짐승들 수백 마리가 바다와 인접한 암석에 군락을 이루고 있었다. 낯선 냄새를 맡고 고개를 쳐든 물개들이 인간의 의도를 파악하려는 듯 콧수염을 씰룩거렸다. 그러나 작고 검은 눈으로 나를 쳐다보던 짐승들은 내 우려와는 달리 하염없이 바라보던 수평선을 향해 이내 고개를 돌렸다.

에반헬리스타 호는 그곳에서 한 시간쯤 머무른 뒤에 비글 해협 어귀를 향해 선수를 동쪽으로 잡았다. 우현으로 오브라이언 섬, 좌현으로 런던데리 섬이 보였다. 대략 2마일쯤 이동했을 때 항로가 깔때기처럼 좁아지자, 바스코 선장은 항로에서 한 치도 벗어나지 않도록 극도로 신중하게 키를 움직였다. 얼마나 긴장된 항해였는지 다윈 섬의 해안이 시야에 들어와서야 그의 입에서 안도의 한숨이 새어 나왔다. 불과 7마일을 전진하는 데 무려 4시간이 걸린 무시무시한 뱃길이었다. 그리고 이제부터는 판초 씨가 키를 잡고 선수를 남쪽으로 돌렸다. 배는 쿡 만과 고래들에게 가까워지고 있었다.

판초 선장의 설명에 따르면, 남쪽으로 30마일 정도 떨어진 크리스마스 군도 앞에는 보리 고래[9]들이 드물게 나타나곤 하는데, 그곳은 조류가 사납고 빙산조각이 떠다니는 위험한 해역으로, 어떤 불행한 배들은 거센 조류에 밀려 그 해역을 벗어나지 못한 채 연료를 몽땅 소모하고서 남동쪽으로 밀려나고, 나중에는 헨더슨 제도와 가짜 혼 곶[10]까지 떠내려가다가 암초에 걸려 난파당하기도 한다고 했다.

그가 덧붙였다.

"그곳은 지금 같은 여름철이라도 수영은 상상조차

---

9) Ballenas bobas(영문 Sei whale)-역주
10) Falso Cabo de Hornos (영문 False Cape Horn)-역주

할 수 없어. 바닷물에 몸을 담갔다간 5분도 안 돼 얼어 죽기 십상이거든."

쿡 만은 잔잔했다. 해면 위로 보드라운 물안개가 피어오르며 부근의 섬들을 휘감았다. 배가 흔들림 없이 물살을 가르는 동안, 바스코 선장이 칠로에 출신 선원에게 마스트에 올라가라고 지시했다. 높이 7미터 마스트에서 그의 외침을 듣기까지는 적잖은 시간이 흘렀다.

"우현, 4분의 1마일 지점에서 물을 뿜는다!"

판초 씨가 뱃머리로 뛰어가서 작살포에 작살을 꽂았다. 이어 밧줄을 풀어 한쪽 끝을 작살 고리에 잇고 반대쪽 끝을 작살포 받침에 단단히 동여매더니 양다리를 벌려 발사 준비를 마쳤다.

나는 고양이 걸음으로 바다를 뚫어지게 응시하고 있는 바스코 씨에게 다가갔다.

"동포 젊은이, 저길 봐! 참거두고래[11]야!"

---

11) Ballenas Calderón(영문 Long-finned pilot whale) '파일럿고래'로 불린다. 참돌고랫과에 속하지만, 행동방식은 대형 고래에 가깝다.-역주

내가 맨 처음 보았던 것은 뽀얀 물보라를 일으키며 숨을 토해낸 뒤에 잠수하는 고래의 거대한 꼬리였다.

"판초, 사정권에 들어왔나?" 바스코 씨가 큰 소리로 물었다.

판초 씨는 손을 들어 그렇다고 대답했다. 불과 몇 분 후에 고래는 우리 배와 아주 가까운 거리에서 다시 떠올랐다. 거대한 몸통이 고스란히 드러났다. 그 길이가 어림잡아 8미터가 넘어 보였다. 그러나 바스코 선장은 손바닥으로 방향키를 내리쳤다.

"재수 없군. 암컷인 데다 새끼를 뱄잖아."

판초 씨는 작살포를 거둬들이고 밧줄을 점검한 뒤에 조타실로 합류했다.

나는 그들이 어떻게 암수를 구별하고, 새끼를 가졌다는 사실을 아는 지가 궁금했다.

"고래가 떠오르는 모습으로 알 수 있지." 바스코 씨가 대답했다. "새끼를 밴 고래는 몸뚱이 전체가 수평으로 천천히 떠오르거든."

"암컷은 안 잡아요?"

"안 잡아." 이번에는 판초 씨가 나의 궁금증을 풀어주었다. "법으로 금지된 데다 황금알을 낳는 거위거든."

그날 우리는 쿡 만에서 고래를 다시 보지 못했다.

날이 어두워질 무렵, 에반헬리스타 호는 클로우에 반도에 있는 만에 닻을 내렸고, 아르헨티나 출신 선원은 후미 갑판에 설치된 석쇠에 양고기를 구웠다. 갈매기와 바다 까마귀들이 넘쳐나는 찌꺼기를 처분하기 위해 모여들었다.

그날 이후 사흘 동안 우리는 고래를 못 보았다. 바스코 씨는 연료량을 확인할 때마다 불편한 심기를 내비쳤지만 그렇다고 엔진을 멈출 수는 없었다. 나흘째 되는 날 마스트에서 고래의 출현을 알리는 외침이 들렸다.

바스코 선장은 향유고래로 보상받았다.

판초 씨가 쏜 작살을 맞자 고래는 길이가 1백 미터나 되는 밧줄을 끌고 다급하게 달아났다. 밧줄이 다 풀리면서 달아나던 고래에 제동이 걸리는 순간, 무겁고 둔탁한 충격이 배 전체에 전해졌다. 충격은 여러 차례 반복되었다. 고래는 배에 바짝 다가왔다가 전속력으로 달아났다. 아마도 예전에 작살에 맞은 경험이 있었던지 도망치는 것에서 자신의 목숨을 살릴 가능성을 찾는 것처럼 보였다. 그러나 바스코 씨는 처음부터 끝까지, 고래의 기력이 다한 것을 감지할 때까지 고래의 유영 속도를 놓치지 않고 일정한 간격을 유지하면서 팽팽한 밧줄이 느슨해지지 않도록 버텼다. 마침내 거대한 몸집이 수면 위로 드러나자 선원들이 보트를 내렸다. 나는 보트를 타지 못했지만, 갑판에 기대어 끈질기게 사투를 벌이는 장면을 지켜보았다.

칠로에 섬 출신 선원들이 끝부분이 넓고 길이가 짧은 노를 잡자, 바스코 씨는 보트의 선수에 설치된 고리에 자신의 발목을 묶었다. 그들은 곧장 짐승에게 다가갔다. 바스코 씨는 작살을 손에 쥐고 선수에 서서 균형을 유지하더니 보트가 고래의 옆구리에 접근하는 순간에 짐승의 검은 몸통에 작살을 꽂았다.

고래가 격렬하게 몸부림치기 시작했다. 커다란 꼬리로 연거푸 수면을 내리쳤다. 여차하면 보트를 부숴

버릴 맹렬한 기세였다. 그 사이에 노련한 칠로에 섬 출신 선원들은 뒤로 물러서지 않고서도 절묘하게 그 타격을 피해 내고, 바스코 씨는 굳이 사용할 필요가 없을 것 같은 두 번째 작살을 검은 몸통에 쑤셔 박았다. 나중에 나는 두 번째 작살이 정확히 고래의 허파를 파고들었다고 말했을 것이다.

에반헬리스타 호의 좌측에 설치된 발판에 고래를 길이 방향으로 붙들어 맨 뒤, 우리는 가공 공장으로의 귀환을 서둘렀다. 판초 씨는 기관실의 모터 소리가 시원찮은 데다 기상 예보까지 좋지 않다고 설명했다. 배가 다시 오브라이언과 런던데리 제도 사이의 위험한 항로를 빠져나왔을 때, 날은 이미 어두워진 뒤였다. 배는 고래 가공 공장 앞바다에 다시 닻을 내렸다.

다음 날 아침, 보트 2척이 고래 사체를 해변으로 옮겼다. 칠로에 섬 출신 선원들이 하키 스틱처럼 생긴 칼로 포획물의 배를 가르자 강물 형태를 이룬 시뻘건 피가 바다를 붉게 물들이면서 바닥에 깔린 돌과 조가비껍데기를 뒤덮었다. 검정색 고무 작업복 차림의 다

섯 명 모두의 모습은 머리끝부터 발끝까지 피로 범벅
이었다. 피 냄새를 맡고서 몰려든 갈매기와 바다 까마
귀 같은 날짐승 중에는 선원들이 무심코 휘두른 칼에
몸통이 갈라진 놈도 없지 않았다.

고래의 해체 작업은 빠르게 진행되었다. 일부는 소
금에 절여져 드럼통에 들어갔지만, 대부분은 살점이
붙은 뼈와 함께 해변에 버려져 런던데리 섬을 유령이
나올 것 같은 살풍경한 곳으로 만들 것이다.

에반헬리스타 호는 엔진에 문제가 생겼다. 누에보
항으로의 귀항은 꼬박 사흘이 걸렸고, 도중에 내린 소
나기는 이누틸 만에 들어설 때까지 그치지 않았다.

어떻게 할 것인가? 이곳에서 조금 더 지낼 것인가?

닻을 내렸다. 드럼통과 어로 도구를 뭍으로 옮겼다.
그리고 아르헨티나와 칠로에 섬 출신 선원들과 아쉬
운 작별인사를 나눈 다음, 푸에기나 펜션으로 발길을
옮겼다.

불에 구운 양고기와 사과 치차가 나왔다.

"동포 젊은이, 운이 없었던 거야." 바스코 씨가 말

했다.

"향유고래 한 마리라니, 경비도 못 건졌어." 판초 씨가 투덜거렸다.

"동포 젊은이, 할 말 있어?"

"모르겠어요."

"이봐, 여행은 마음에 들었나?"

"그럼요. 늘 배를 타고 싶었거든요. 그동안 두 분도, 칠로에 분들과 아르헨티나 분도 다 마음에 들었습니다. 전 바다를 좋아합니다. 하지만 앞으로 고래잡이 선원은 되지 않을 생각입니다. 두 분의 기대를 저버렸다면 용서하세요. 그러나 진심입니다."

"이봐, 소설에서 읽은 것과는 다르지?"

나는 몇 마디 덧붙이고 싶었다. 그러나 바스코 씨가 나의 한쪽 팔을 붙잡으며 자애로운 눈길을 보냈다.

"동포 젊은이, 자네가 고래잡이를 좋아하지 않는다니 기쁘군. 하루가 멀다 하고 고래들이 줄어드니, 어쩌면 이 지역에서 우리가 마지막 고래잡이 선원들이 될지도 모르지만, 잘된 거지. 이제는 고래들이 평온하게 살도록 놔둘 때도 되었어. 내 증조할아버지, 할아버지, 아버지까지, 다들 고래잡이 선원이었지. 나에게 자네 같은 아들이 있었다면, 다른 길을 가라고 충고했을 거야."

다음 날 아침, 그들은 나를 국도까지 바래다준 것도 부족했는지 마침 포르베니르 쪽으로 여행하는 지인의 트럭에 실어 주었다.

어쩌면 다시 만나지 못할 것이라는 예감과 함께 나는 그들과 깊은 포옹을 나눴다.

세상 끝의 세상에서…….

누군가가 나를 살짝 채근한다. 그때서야 나는 아직 함부르크 공항에 있음을 깨닫는다. 항공사 여직원이 친절하게 탑승권을 요구한다.

제 2 부

1

유럽의 유일한 기항지 런던에서 45분 정도를 머무
른 비행기는 대서양을 횡단하기 위해 고도를 높였다.
1988년 6월 20일, 오전 6시 30분. 창공에는 구름 한
점 없는데, 우리가 그 변위를 따라가게 될 태양은 우리
에게 기체의 블라인드를 내리도록 강요하고 있었다.

나는 이런 여행이 여러 차례 예고되었지만, 그때마
다 연기할 구실이 생겼다고 밝힌 적이 있다. 그런데도
그날은 칠레로 나를 데려가는 비행기에 몸을 싣고 있
었으니 그 결정이 다급하게 이루어진 탓이었다.

나는 대서양 상공에서 다리를 쭉 뻗고 좌석을 뒤로
젖혔다. 그리고 나흘 전에 내 입에서 '아, 내가 갈게

요'라는 결정이 나오도록 만들었던 일을 떠올리기 시작했다.

나흘 전인 6월 16일, 정오가 가까워진 시각에 나는 동업자들과 함께 사무실에 있었다. 동업자는 네덜란드 여자 한 사람과 독일 남자 두 사람이다. 그들은 나처럼 환경 문제에 있어서 소문의 배후가 밝혀진 사건들에만 관심을 두는 '고지식한' 신문사에 글을 기고하던 프리랜서였다. 우리는 어떤 모임에서 대화를 나누던 중에 각자가 자기 일에 염증을 느끼고 있으며 많은 부분에서 공통적인 관점을 지녔다는 사실을 확인했다. 그리고 우리의 대화로부터 기본적으로 생태계에 영향을 미치는 문제에 대해 우려하는, 가난한 나라를 상대로 저지른 약탈을 정당화하는 부유한 국가의 기만성에 대응하는 대안 통신사를 만들겠다는 아이디어가 탄생했다. 강대국의 침탈 행위는 약소국의 원자재만이 아니라 미래까지 짓밟는 행위이다. 일례로 경제부국은 자국의 화학 물질이나 핵폐기물을 약소국이나 가난한 나라들로 옮기는데, 만일 강대국의 주장처럼 '문제가 없다'면, 왜 자국의 영토에 폐기물 처리 시설을 설치하지 않는 것인가.

우리는 나사 공장을 임대해 공동 사무실을 만들었다. 대략 70제곱미터를 차지하는 그 공간에는 책상 4개, 생태계에 대한 정보를 다루는 데이터 뱅크와 연결된 중고 컴퓨터, 네덜란드, 에스파냐, 프랑스 등의 에이전시나 그린피스, 코무니다드, 로빈우드 같은 환경 단체와 정보를 주고받을 때 사용하는 팩스가 놓여 있다. 우리는 다섯 번째 동업자 노릇을 톡톡히 수행하는 중고 컴퓨터에게 탐정 페페 카르발로[12]의 정보 제공자를 기리는 뜻에서 '브로무로'라는 별명을 붙여 주었다.

그런데 얼마 전에, 그러니까 정확히 지난 6월 16일 오전, 우리는 비스카야 만 앞에서 유독성 폐기물을 소각한 뒤에 자신들의 행위를 정당화하려던 영국 산업성의 계획에 관한 정보를 수집하던 중에 팩스 한 통을 받았다.

---

12) Pepe Carvalho. 에스파냐의 추리작가 마누엘 바스케스 몬탈반 Manuel Vázquez Montalbán의 소설에 등장하는 탐정.

칠레에서 보낸 메시지였는데, 그게 이번 여행의 시
초가 되었다.

2

1988년 6월 15일 17시 45분. 푸에르토 몬트. 일본 국
적의 니신마루 호가 칠레 해군 소속 예인선에 의해
구조됨. 니신마루 호의 선장 다니후지 도시로는 마젤
란 해협에서 18명의 승무원을 잃었다고 진술함.
사고를 당한 나머지 승무원들은 군 병원에서 치료를
받고 있으나 정확한 인원은 확인되지 않음.
칠레 관계 당국은 그 사건에 대한 보도를 통제하고
있음. 환경 단체들과의 긴급 교신 요망.
이상.

메시지 발신자는 사리타 디아스였다. 그녀는 함부

르크에서 지내는 동안 우리 일에 대해 잘 알게 되었고, 나중에 남아메리카 지역 통신원을 자청했던 칠레 아가씨로, 우리에겐 유일한 해외 특파원이었다.

우리는 먼저 컴퓨터에 일본 선박과 선장 이름을 넣었다. 브로무로는 자신의 외눈박이 눈을 깜빡거리더니 존재하지 않는 정보라는 메시지를 보내며 사과했다. 그래서 우리는 브로무로를 그린피스의 데이터 뱅크와 연결시켰는데, 브로무로는 몇 분이 지나지 않아 심상찮은 데이터를 보여 주었다.

니신마루 호.

1974년 독일 브레멘 조선소에서 건조한 고래 가공 선.

선적지: 일본 요코하마.

배수량: 23,000톤.

전장: 86미터.

너비: 28미터.

갑판: 4개.

승무원: 지휘자, 의사, 선원, 작살수, 가공 담당자
등 117명.

선장: 다니후지 도시로(자칭 '남태평양 약탈자')

항해 정보: 도쿄 그린피스의 데이터에 의하면, 5월
초부터 마우리시오 제도 부근을 항해 중.

이상.

그때 전화벨이 울렸다. 브로무로가 다른 데이터들
을 소화하는 한편, 우리 중의 누군가가 유령 선박에
관한 이야기를 들려주던 참이었다.

그린피스의 언론 담당 대변인 아리안의 전화였다.

"안녕하세요. 이제 막 사무실에 도착해 보니 칠레에
서 메시지가 들어와 있는데, 즉시 논의할 게 있어요.
이건 보통 일이 아니라 아주 엄청난 거예요. 오시겠어
요?"

그린피스 사무소는 우리 사무실에서 그리 멀리 않
은 곳에 있다. 엘베 강을 따라 두 블록을 걸어가야 한
다. 아리안이 커피를 내오며 초조한 표정으로 나를 맞

이했다.

"맙소사, 결국 저지르고 말았어요. 뭐가 뭔지 모르겠지만, 저지른 거예요. 세상에, 이렇게 끔찍할 수가."

"진정해요, 아리안. 누가 무슨 일을 저질렀다는 겁니까?"

"미안해요. 도저히 믿기 힘든 일이라……. 좋아요, 이제부터 마음을 가라앉히고 영화 이야기를 하듯 하나씩 말할게요. 먼저, 그동안 우리가 소송을 준비하면서 극비에 부쳤던 내용부터 들어보세요. '1988년 5월 2일, 산티아고. 칠레 정부는 학술연구를 명목으로 매년 50마리의 대왕고래 포획을 승인했으며, 그 수혜자는 칠레 당국에 의해 철저히 비밀에 부쳐져 있다…….'"

"일본인들이 항상 그래왔듯 칠레 군부대 장성들에게 선물을 가득 안겼더군요. 분명 어떤 대가를 바랐던 겁니다."

"바로 그거예요. 우리는 칠레 당국이 1986년 국제포경협회에 의해 발효된 포경 기간을 위반하면서 대왕고래 포획을 허가했다는 사실을 인지하자마자 소송에 필요한 자료를 수집하기 시작했어요. 칠레에서 양도한 그 허가서를 누가 내어주었는지, 유효기간이 언제까지인지 세부 사항까지는 아니지만, 우리는 정보를 수집하면서 포획 기간을 추정할 근거를 하나 확보했어요. 이 자료는 당신에게 주려고 준비한 건데, 캐나다 출신의 고래 전문가인 해양생물학자 팔리 모와가 작성한 거예요. 그 보고서에 의하면, 대왕고래가 남극권의 북서쪽으로 이동할 확률은 거의 없고, 그 확률은 남극의 겨울이 일찍 찾아올 거라는 기상 관측에서 뒷받침되고 있어요. 6월 중순이면 웨들 해는 쇄빙선들조차 통과할 수 없어 셰틀랜드 제도를 향해 이동하는 고래는 기껏해야 병들거나 무리에서 뒤처진 몇 쌍에 불과해요. 따라서 올 10월까지는 칠레 해역에 대왕고래가 나타나지 않을 거고요. 하지만 그렇게 믿고 차분하게 대응해 나가기로 했던 우리에게 얼마 전 5월 26일 칠레에서 이상한 전화가 왔어요. 전화를 건 남자는, 내가 무슨 말을 하는지 당신은 이미 알고 있

겠지만, 뱃사람들이 흔히 사용하는, 툭툭 끊어지면서
도 정확한 영어로 우리를 깜짝 놀라게 하더군요. 몬트
항에서 남쪽으로 150마일 지점에 있는 코르코바도
만에 니신마루 호 나타났다고. 니신마루 호라면 당신
도 잘 알 듯 우리에게는 낡은 배로 알려졌는데…….”

3

그린피스와 니신마루 호의 첫 만남은 1987년 12월에 이뤄졌지만, 처음부터 그들 사이에 애정 따위는 존재하지 않았다.

그해에 일본은 국제포경협회 총회에서 투표 직전에 불참하더니, '학술적인 연구'라는 수상한 명분으로 남극해에서 밍크고래 3백 마리를 포획할 수 있는 허가를 받았다.

국제 협약에 의하면 밍크고래는 1년에 2마리 이상을 포획할 수 없는, 그것도 학술연구용으로 쓰일 때만 가능했다. 따라서 포경 금지 기간이 발효된 1986년 이후에는 어느 회원국도 포경에 대한 학술적 관심을 표명할 수 없었고, 당연히 결과물도 없었다.

그러나 일본은 부정한 방식으로 고래 포획 허가를 구했고, 니신마루 호는 기다렸다는 듯이 남극해로 기수를 돌렸다. 상황은 급박했다. 모든 게 멸종 위기에 처한 고래를 절멸시키는 그들을 제지할 수 없을 것처럼 보였다.

그렇지만 일본인들이 미처 염두에 두지 못한 게 있었다. 다니후지 선장이 출항을 지시했던 그 시각에 환경 보호 단체들이 개미 떼처럼 몰려든 것이다. 1987년 12월 21일 오전, 소형 보트 4척이 실물 크기의 고무 고래와 함께 무지개 깃발을 펄럭이며 요코하마 항에 나타나 미쓰비시 선착장 출구를 막았다.

그때만 해도 다니후지 선장은 고무 고래를 밀쳐 내고 출항하는 것쯤은 문제 되지 않는 것으로 판단했는지 여유만만한 표정이었다. 하지만 기동력을 발휘하며 니신마루 호 주위를 에워싼 소형 보트들은 일본 선박이 자신들을 덮치지 않고선 통과하지 못하도록 만들었다.

그린피스의 행동은 시간을 벌충하는 방편이었다. 요코하마 항에서 소형 보트들이 거대한 선박의 출항을 저지하는 동안, 그린피스는 유럽의 주요 도시에서 정부 관리들과의 면담을 통해 불법적인 사전 허가에 대한 재심리 약속을 받아 냈다.

거대한 선박에 맞선 해상 시위는 30시간 동안 계속되었다. 소형 보트들은 교대로 연료를 채우고, 시위 참가자들은 감시의 눈길을 놓치지 않으려고 독한 칵테일 그로그를 마시며 견뎠다. 12월 22일 오후 3시, 양쪽의 대치는 불상사 없이 평화롭게 끝났다. 국제포경협회는 일본의 포획 허가를 취소하면서 1986년의 고래 포획 금지에 관한 규약을 준수하도록 권고했다.

나는 이 사건의 전후를 언 손을 비비며 얘기하는 뉴질랜드 출신의 브루스 애덤스를 통해 알았다. 당시 애덤스는 자신이 타고 있던 보트를 니신마루 호의 우현에 바짝 붙이면서 선장과의 대화를 요구했다.

"선장, 당신은 졌어요. 당신이 남극해로 출항할 경우, 우리는 국제법 위반으로 고발할 거요."

손에 메가폰을 든 다니후지 도시로가 배 난간에 얼굴을 내밀었다.

"불법 행위를 저지른 건 당신들이오. 허가받은 해상 조업을 저지하는 것은 해적 행위이기 때문에 나는 얼마든지 당신들의 보트를 밀어붙일 권리가 있소. 앞으로는 당신들 보트에 달린 깃발이 당신들을 보호하진 못할 거요. 무지개는 하늘에 있어야 하는 법. 경고하건대, 다음번에는 절대 가만두지 않겠소."

"그런 기회는 다시 오지 않아요. 설사 이런 일이 재발하더라도 우리는 또 만날 거니까. 고래 포획은 불법 행위니까."

"고래잡이는 존재할 거요. 나는 모든 방법을 동원해서 고래잡이는 가능하고 정당하다는 걸 보여 주겠소. 당신이나 나에게는 우리 둘을 하나로 묶는 어떤 게 있어요. 꿈을 꾼다는 거. 내 꿈은 예전처럼 대규모 포경 사업을 펼치는 거요."

"당신 꿈과 내 꿈은 서로 달라요. 내 꿈은 저 열린 바다에 있는 모든 종류의 생물이 인간들과 조화 속에서 살아가며 번식하는 거요."

그들의 대화는 거기서 끝났다. 다니후지가 어떤 신호를 보내자 니신마루 호의 갑판에서 보트를 향해 오물더미가 떨어졌다.

그랬다. 그린피스와 니신마루 호는 구면이었다.

4

　"……에너지가 철철 넘치는 인물이었어요." 아리안
의 말이 계속되었다. "내가 니신마루 호는 칠레 해역에
서 아주 먼 곳에 있다고 하자, 그건 단지 눈속임에 불
과하다는 거예요. 내가 팔리 모와의 보고서를 읽어 주
면서 진정시키려고 했지만, 들은 체도 않고서 그러더
군요. '나도 고래에 관해서 일가견이 있는 사람이오.
다니후지는 대왕고래와 남극 항해는 생각조차 없어요.
사실은 파일럿고래를, 다시 말해 유럽에서 '악마 고래'
로 불리는 참거두고래를 뒤쫓고 있으니까요.'"
　이어 아리안은 나에게 브로무로에게 가져다줄 자료
를 건네주었다.

참거두고래 Ballena Piloto: calderón (에스파냐어), Schwarzwal(독일어), Pothead, blackfish(영어), chaudron(프랑스 어) 등으로 불림. 몸길이는 4 내지 7미터. 7쌍에서 12쌍의 이빨이 위아래에 나 있음. 수컷이 암컷보다 몸집이 큼. 단단한 몸집에 조그맣고 둥근 머리. 임신 기간은 15 내지 16개월. 새끼는 크기가 1.5미터 정도이며, 20개월 간 어미젖을 먹고 자람. 주요 먹이는 오징어. 러시아, 노르웨이, 아이슬란드 인들의 무차별한 어획으로 북대서양 해역에서 멸종 위기에 처함. 1975년과 1977년 사이에 남반구 쪽으로 거대한 이동이 있었다는 보고. 그중에서 수백 마리는 마젤란 해협의 북쪽인 남태평양 해역으로 빠져나감. 우호적이고 충직한 성격. 동료들끼리 70가지 이상의 신호 체계로 의사소통 가능. 남반구로 이동한 고래 중에는 작은 만이나 해협, 협만에 적응하기 위해 공해상에서의 생존 방식을 포기한 것으로 보고됨. 국제포경협회는 '참거두고래 종 (Globicephala M.)'이 고래들이 멸종 위기에 처해 있음을 공표하는 것과 동시에 포획을 엄격하게 금지함.

아리안은 커피를 더 따라준 다음에 다시 입을 열
었다.

"내가 그렇게 확신하는 근거를 댈 수 있느냐고 물었
더니, 글쎄, '나는 바닷가 출신이라 수 마일 떨어진 곳
에서 나는 악취도 맡을 수 있소. 나를 도우러 와줄 거
요, 말 거요?'라고 반문하는 거예요. 나로선 더 할 말
이 없더군요. 도와줄 수도 없고, 그렇다고 계속해서
우리와 연락을 취해 주도록 요구할 수도 없었어요. 알
다시피 우리 배는 소형이잖아요."

아리안의 설명에는 그럴 만한 이유가 있었다.

당시 그린피스는 '곤드와나 호' 출항을 준비하고 있
었다. 탐험선인 곤드나와 호는 여러 나라의 연구 기지
가 상주하고 있는 남극을 방문하여 백색의 대륙이 세
계의 자연 공원으로 보존되어야 할 필요성에 대해 역
설하고, 나아가 여러 나라에서 이미 모색 중이던 화학
물질이나 핵폐기물 저장소 설치를 저지하기 위한 회

담을 가질 예정이었다. 따라서 8월 말까지는 여유가 없었다.

'모비 딕 호'는 수리 중이었는데, 설사 브레멘의 조선소를 나오더라도 국제법 위반에 가해지는 중형을 피하기 위해 약소국의 국기로 위장한 노르웨이, 스웨덴, 덴마크, 아이슬란드, 미국, 러시아 국적의 선박들이 고래잡이에 혈안이 된 북대서양에서의 불법 포획을 저지해야 할 형편이었다.

'시리우스 호'는 형벌에 처해진 지중해로 독극물이 흘러드는 것을 감시하면서 모든 문명의 원천이나 다름없는 그 바다가 지구에서 가장 거대한 시궁창으로 변하는 것을 저지하고 있었다. 또한 '그린피스 호'는 미국의 대서양 연안에서 그곳을 핵무기 수송 금지와 무장 해제 지역으로 지정하기 위해 노력하고 있었으며, '벨루가 호'는 여러 대륙을 지칠 줄 모르고 돌아다니면서 바다 생물의 생명을 위협하는 유독성 화학 물질이 바다로 흘러들지 않도록 강이나 하천을 감시하고 있었다.

그랬다. 그 배들은 현대라는 거대한 규모의 야만에 맞서는 작은 함대였다. 그리고 여기에는 가장 애정을 받던 배가 하나 빠져 있었으니, 무지개 함대의 모선 '레인보우 워리 호'였다.

1985년 7월 10일 0시 15분 전, 뉴질랜드의 오클랜드 항에서 프랑스 정보국 비밀 요원들이 선체 하부에 몰래 장착한 강력한 폭발물이 터지면서 배가 침몰하고, 그 폭발 사고로 포르투갈 환경 운동가 페르난두 페레이라가 목숨을 잃었다.

고령의 레인보우 워리 호는 뮈뤼로아 환초에서 진행되던 프랑스 핵 실험의 비합리성을 폭로하며 평화로운 전투를 벌이던 중에 프랑스 정부가 승인한 악랄한 테러 행위의 희생물이 되고 말았던 것이다.

잔잔한 바다를 가르는 범선의 모습보다 아름다운 광경은 없다. 1985년 12월, 세계 도처에서 단지 우정으로 모인 범선들이 레인보우 워리어 호를 뉴질랜드 해안의 마타우리 포구로 예인했다. 그곳에서 그들은 마오리 족의 의식에 따라 그 배가 해저의 심연에 도달해서 평생을 두고 싸웠던 바다와 합쳐지도록 놓아주었다.

"'도와줄 수 없다면, 나 혼자 행동할 수밖에.' 이게 통화가 끊기기 전에 그 사람이 남긴 마지막 말이었어요." 아리안이 곤혹스러운 표정으로 말했다.

"복수전을 펼치겠다는 바닷사람 같군요. 혹시 그 사람에 대해 아는 것은 더 없나요?"

"깜빡 잊고 있었네요. 이름은 호르헤 닐센, '피니스테레[13] 호'에 대해서도 얘기했어요. 그 배를 우리 일에 투입하겠다고요. 이제 우린 어떻게 할까요?"

"기다려요, 아리안. 당장은 뾰족한 수가 떠오르지 않네요."

"왠지 모든 게 사실이라는 생각이 들어요. 세상에, 무려 열여덟 명의 승무원들이 사라지다니. 이 일에는 뭔가가 숨겨져 있어요"

아리안은 자신의 확신을 굳혀 가고 있었다. 우리가 알지 못하는 어떤 것이 악취를 풍기는데, 흥미로운 사건들은 항상 그런 것에서 생겨났음을.

---

13) Finisterre. 라틴어 finis(끝)과 terrae(땅)에서 파생된 합성어.

5

　나 자신을 설득시키지 못한 채 그린피스 사무소를 나온 나는, 사무실로 돌아가기 전에 잠시 항구를 따라 걸었다.

　호르헤 닐센. 피니스테레 호. 모험을 즐기는 배로선 아름다운 이름이었다. 나는 함부르크 항구를 걷고 있지만, 상념이 나를 남극해로 데려가고 있었다. 바다에는 성난 파도가 몰아치는데, 나는 가파른 물결 너머 수평선에서 거대한 일본 선박에 맞서 홀로 싸우는 호르헤 닐센이라는 사람을 보았다. 나는 외치고 싶었다. 거대한 선박이 덮칠지 모르니 어서 피하라고. 그러나 그는 몸을 돌려 내가 그토록 읽고 싶던, 어느 해적의

육성으로 그토록 듣고 싶던 로트레아몽의 시구로 대답했다.

내게 말하라. 정녕 네가 마왕의 안식처인가. 거대한 바다여, 말하라(아직도 환상에 젖은 이들이 비탄에 빠지지 않도록, 나에게만 말하라), 사탄의 입김이 폭풍을 창조하여 소금기 젖은 너의 몸을 저 구름 있는 곳까지 일으켜 세우는지. 거대한 바다여, 너는 말해야 하느니라. 지옥이 저 사람 곁에 가까이 있는지, 그걸 아는 것만으로도 나에게는 위안이 될 터이니.

나는 사무실로 돌아와 동업자들과 의견을 나누었다. 이번 일은 내가 맡는 것으로 결정되었다.

오후 8시, 유선으로 들어온 메시지가 가뜩이나 부족한 정보 때문에 애를 태우고 있던 나를 혼란에 빠트렸다.

1988년 6월 16일, 도쿄. 고래 가공선 니신마루 호가 마다가스카르 섬의 토아마시나 항으로 향해 중. 본 정보는 요코하마 항 항만 관리소로부터 입수됨.

그린피스, 도쿄.

이상.

한 척의 배가 서로 다른 곳에서 동시에 출현할 수 있는 것은 유령선일 수밖에 없다. 브로무로는 이제 막 도착한 정보를 꿀떡 삼키고서 눈알만 굴려댔다. 마치 '이걸로 내가 뭘 해주길 바라는 거야?'라고 묻는 것 같았다.

한밤중이었다. 커피에 속이 메스꺼워 사무실 창문을 열었다. 밤공기가 시원했다. 혼탁한 엘베 강이 흐르고 있었다. 강 너머 고철 더미를 쌓아둔 부두 한쪽으로 탐조등이 켜져 있고, 곧바로 해체될 폐선 한 척을 끌고 온 예인선이 접안 중이었다. 나는 쌍안경을 가져와 마지막 순간을 맞이할 폐선에 렌즈를 맞추었다. 선미 쪽으로 포착된 폐선의 이름을 아직은 식별할 수 있었다. '라자로 호'. 조금 아래쪽으로는 부식되어 겨우 알아볼 수 있는 활자가 그 배의 마지막 소속 항을 나타내고 있었다. '상투스'

선박을 해체하는 조선소로 항해하는 배를 지켜보는 것은 고통스러운 일이다. 그 배에는 무덤으로 가는 상처 입은 거대한 짐승 같은 무언가가 있다. 라자로 호의 후미에는 너덜너덜 찢어진 브라질 국기가 달려 있었다. 그 폐선에 얽힌 사연 또한 여기 함부르크에서 귀동냥으로 듣는 다른 배들의 과거사와 별반 다를 게 없을 터였다.

세월과 바다가 배를 고철 덩어리로 만들면 일반적으로 선주는 그 배를 뭍에서의 삶을 거부하는 고령의 선장들에게 팔아넘기고, 그 순간부터 배의 운명은 180도로 바뀐다. 이전에 화물선이나 벌크선이었던 배는 자신의 존재를 포기한 채 줄어든 선원들과 함께 가장 못 사는 나라들의 깃발을 달고서 여러 항구를 전전하는 트램프 스티머, 즉 부정기 화물선으로 변해서 국적이나 목적지와 상관없이 헐값 계약으로 항해한다.

라자로 호는 의심할 것도 없이 함부르크에서 최근의 선박 검사를 통과하지 못한 트램프 스티머였고, 그로 인해 엘베 강을 거슬러 올라가는 쿡스하벤 델타까지의 항해가 허용되지 않았을 것이다. 마지막까지 선장은 딜레마에 직면했으리라. 회생 불가능한 배에 고액의 수리비를 지불할 것인가, 아니면 선박을 해체하는 조선소로 보낼 것인가.

일순 라자로 호의 운명이 나를 깨웠다. 머릿속을 스치는 게 있었다. 나는 다급하게 전화번호가 적힌 수첩을 찾았다. 푸에르토리코 출신의 찰리 쿠에바스, 그 역시 '고지식한' 언론사에 염증을 느끼던 인물이다.

"찰리? 이 시간에 전화해서 미안하지만, 자네 의견을 구해야겠어."

"말하게. 지금 바로 귀를 기울일 테니까."

"얼마 전에 티모르의 선박 해체 조선소에 관한 기사를 읽었지. 제목이 '오쿠시의 독수리들'이라고, 이 세상에서 가장 열악한 보수를 받으며 폐선을 해체하는 사람들을 다뤘더군. 한데 자료든, 기록이든 가지고 있는 게 더 없나?"

"이렇게 충실한 독자가 있었다니, 무척 기쁘군. 원하는 게 뭔데?"

"사실은 나도 그게 뭔지 모르겠어. 문득 잠을 깨게 만드는 예감밖에. 최근 몇 년 사이에 폐선으로 처리된 선박 정보나 자료도 갖고 있나?"

"리스트야 엄청 많지. 선박명과 국적을 말해봐."

"니신마루 호, 일본."

찰리는 일단 나를 진정시켰다. 수화기 저쪽으로 키보드 두드리는 소리가 들렸다. 이내 다시 입을 열었다.

"여기 있군. 니신마루 호. 고래 포획과 처리 시설을 갖춘 고래 가공선. 1974년 브레멘에서 건조, 선적지 요코하마. 지난 1월에 폐선 처리되었으니, 지금쯤은 토스터나 커피포트로 변했겠군."

"확실해?"

"이 세상에 확실한 게 어딨어. 이 자료들은 티모르 금속회사 사무소에서 몰래 빼낸 거야. 여하튼 그런 건 이런 식으로 작동해. 해운사가 오쿠시에 연락해서 물에 뜨지 못하는 욕조가 있다며 예약에 맞추어 배를 가져가면, 그들은, 가만, 티모르 사람들을 티모라토[14]라던가, 아무튼 그들은 가히 기록적인 시간에 배를 해체하고, 해운사는 사망증명서와 고철값의 50퍼센트를 돌려 받는다는 거지."

"잠깐, 어떤 해체된 선박이 실제로 그 국적과 이름으로 항해하던 선박이라는 것을 확인할 방법도 있을까?"

"정말 순진한 거야, 아니면 뭐야? 해운사가 티모르에 욕조를 보내면서 타이타닉 호 얘기를 해 주면, 금속회사는 타이타닉 호에 필요했던 금속의 무게로 작성한 서류를 해운사로 보내준다니까. 워낙 열악한 나라라 뭘 의심하고 말고 할 여유조차 없거든."

"찰리, 티모르 금속회사는 어디 거지?"

"잠시만……. 여기 있군. 최대 주주는 수산물을 취급하는 일본의 컨소시엄이야."

모든 게 악취를 풍기고 있었다.

일본인들은 이미 불법적인 고래 포획에 필요한 매

---

14) timorato. 신을 두려워하는 사람들이라는 뜻.

커니즘을 알고 있었다. 따라서 마다가스카르로 항해 중인 배는 진짜 니신마루 호가 아니라 니신마루 2호였고, 티모르 당국이 위조된 폐선 증명서를 내준 진짜 니신마루 호는 유령선으로 변해 남극해를 항해 중인 것이다.

나는 아리안에게 즉시 알려야 한다고 생각했다. 그런데 두 사람 사이에 텔레파시가 통했는지 전화벨이 울렸다.

"아직 거기 있어 다행이네요. 그 바다의 보복자가 다시 전화한다고 했으니 어서 오세요."

6

아리안은 내 표정부터 살핀 뒤에 치워두었던 커피포트와 녹음기를 내놓았다.

"전화기는 녹음기에 연결해 두었거든요." 그러고는 생수병을 열며 덧붙였다. "그러니 차분하게 들으면서 어떤 결론을 찾아보세요."

녹음기 버튼을 누르자, 두 사람이 영어로 말하는 대화가 흘러나왔다. 직업의식이 발동했는지 나는 무심코 통화 내용을 수첩에 적고 있었다.

닐센: 여보시오? 여긴 칠레인데, 그린피스입니까?
나는 호르헤 닐센이오.

아리안: 듣고 있어요. 그곳에서 열여덟 명의 승무원이 실종되었다던데, 어떻게 된 거예요?

닐센: 뉴스란 게 훨훨 날아다닌다지만, 그건 어떻게 아셨소? 그래요, 맞아요. 승무원 열여덟 명이 실종되고, 니신마루 호는 침몰 직전이었소.

아리안: 끔찍한 일이네요. 누군가 그런 일을 원했다 하더라도, 그건 우리의 활동 방식이 아니란 걸 아셨으면 해요. 우리는 모든 형태의 폭력을 거부하니까요. 그 일이 우리와 연관이 있으면, 우리에게 돌아올 결과들이 어떤 건지는 생각하지 않으세요?

닐센: 날 믿으시오. 나는 승무원들의 불행을 누구보다 애통하게 생각해요. 나 역시 바닷사람이지만 어떻게 해볼 도리가 없었으니까. 만일 이 비극적인 참사에 책임질 자가 있다면, 그자는 선장인 다니후지요. 그러니 염려 마시오. 이번 일은 절대로 알려지지 않아요. 일본인들은 그 잘난 돈으로 생존자들의 입

을 틀어막을 것이고, 누군가가 나중에 사실
을 털어놓더라도 정신 나간 사람으로 몰아
붙일 테니까.

아리안: 말씀하세요. 니신마루 호에 무슨 일이 일
어난 거예요?

닐센: 나를 믿지 않고, 미친놈 취급할 거요. 무슨
일인지는 비극의 흔적이 남아 있는 지극히
짧은 시간에만 볼 수 있소. 그걸 얘기하려면
말로는 안 돼요. 자, 그쪽이든, 그쪽의 동료
든 오기만 하시오. 기꺼이 내 바다로 안내하
겠소.

아리안: 닐센 씨, 우리는 이번 일에 관심이 많아요.
다른 방법으로 대화할 순 없을까요? 필요하
면 에스파냐어를 구사하는 기자에게 자세히
말씀하실 수도 있을 거예요.

닐센: 그렇다고 그 기자에게 더 덧붙일 건 없지만,
좋아요, 3시간 후에 다시 연락하리다. 그때
봅시다.

녹음은 거기까지였다. 그의 음성으로 나이를 헤아릴 수는 없었지만, 침통하면서도 결연한 어조였다.

"어때요?" 아리안이 물었다.

"그 양반과 통화하고 싶네요. 다시 전화를 줄 겁니다."

"대체 뭐가 뭔지 가닥이 안 잡혀요. 도쿄 지부에 따르면, 니신마루 호는 마다가스카르에 가까워지고 있거든요."

"맞아요. 하지만 그 배는 우리가 말하는 니신마루 호가 아닙니다."

나는 그녀에게 자료를 건넸다. 우리는 곧 동일한 결론에 이르렀다.

"그러니까 새로운 해상 가공선을 진수해서 그 배에 노후된 배와 똑같은 이름을 명명하고, 세상에 알리는 한편, 노후 된 배는 티모르에서 해체되어 존재하지 않는다는 서류를 손에 넣었군요. 따라서 서류상 존재하지 않는 니신마루 호가 바다에서 제멋대로 노략질을 하더라도 포경 통제 메커니즘은 새로운 한 척의 배를 생각할 수밖에 없고요. 그자들은 항만 관리소의 기록과 그 배를 목격했다는 사실을 감추기 위해 드나들던 항구에 얼마나 많은 돈을 뿌렸을까요. 만일 우리가 증거를 확보하면, 세기적인 스캔들의 뚜껑을 열게 되는 거예요. 하지만 증인이 한 사람밖에 없다는 게 아쉽네요."

"둘입니다. 아리안, 증인은 둘이라고요."

"닐센 씨는 다른 사람을 언급한 적이 없어요."

"하지만 나는 더 있어요. 사리타 디아스라고, 우리에게 텔렉스를 보냈던 특파원인데, 니신마루 호를 봤으니까요."

7

남극해를 본격적으로 여행하기 위해 기차에서 몸을 내려야 하는 곳, 푸에르토 몬트에 대한 나의 기억은 무척 공허하다. 그러나 뇌리에 남은 파편 같은 기억만으로도 바람과 파도가 부딪치는 방파제를 걷고 있는 사리타의 모습을 떠올리기엔 충분했다. 나 같은 직업을 가진 사람 중에는 눈에 보이지 않는 바닷가재 촉수 같은 안테나가 작동하기도 하는데, 그 순간에 바로 안테나가 작동하면서 나는 사리타의 신변이 위험하다는 걸 감지했다. 나는 급히 수화기를 들고 칠레까지 도달하는데 필요한 숫자만큼의 번호를 누르기 시작했다.

나는 그녀의 응답을 기다리며 시차를 헤아려 보았

다. 함부르크가 6월 17일 오전 2시면, 칠레는 전날, 그러니까 6월 16일 오후 9시, 그 시각의 푸에르토 몬트는 평소에 사람들이 일찍 귀가하는 편이라 사리타가 집에 있을지도 모른다고 생각했다.

여자의 음성, 그러나 그 음성은 곧 남자의 음성으로 대체되었다.

"누구요!"

"저는 사리타의 친구입니다. 여긴 독일인데, 통화할 수 있겠습니까?"

"내 딸자식을 가만 좀 놔두시오!" 그는 격앙된 음성으로 전화를 끊었다.

나는 한참 동안 수화기를 든 채 생각에 잠겼다. 모든 일이 원하지 않은 방향으로 꼬여 가고 있었다.

사리타가 독일에 머물렀던 때가 떠올랐다.

"이젠 나를 특파원으로 받아 주시는 거죠?"

"보수는 줄 수 없어요. 그것도 당분간이 아닙니다."

"상관없어요. 내가 원하는 건, 나를 지구 끝에 혼자 내버려 두지만 말라는 거예요."

사리타는 분명 곤경에 처해 있었다. 그 실체가 어떤 것인지 정확히는 알 수 없지만, 위장된 사망 증명서를 등록한 배로 돌아다니는 부류들이 이성적으로 처신할 리가 없었다.

닐센의 전화를 받기까지는 한 시간 정도 남아 있었다. 나는 동업자들에게 전화해서 새벽 5시에 사무실에서 만나기로 약속했다. 그리고 그때부터는 잠시나마 일본인들에 대해 생각해 보았다.

8

일본인들. 편견의 늪에 빠지지 않는 게 무척 어려울
때가 종종 있다. 그럴 때는 상대에 대한 편견을 일반
화시키면서 상대가 속한 나라의 구성원들까지 통째로
망태기에 담아버리려고 한다.

일본에는 강력한 환경 운동가들이 활동하면서 종종
목숨을 내걸기도 한다. 그 이유는 생태계 파괴자들이
합리적인 대화나 법적인 추론을 무시하기 때문인데,
이들이 대화나 추론을 받아들이는 경우는 법정에서
정상참작을 구할 때뿐이다.

일본에선 환경 파괴자들만이 시장 윤리가 지배하는
세계를 특징짓는 이러한 이중 잣대 게임을 즐기는 게

아니다. 일본은 세계에서 가장 부유한 7개국이자 주요한 대화 상대국이지만, 유일무이하게 해적 면허증을 소지하고 있는 인상을 주는 나라이기도 하다. 일례로 유럽의 모든 나라와 미국과 러시아 그리고 대부분의 아프리카 국가들은 코끼리 사냥을 엄격히 금지하고, 다들 덩치 큰 회색 동물이 멸종 위기라는 사실을 인식하지만, 코끼리 사냥을 사주하는 세계 제일의 상아 수입국 일본에는 법적 제재를 취하지 않는다. 세계의 상아 시장을 장악한 일본이 유럽과 미국과 러시아 시장에서 상아 공급을 조절하기 때문이다. 상아는 어디에 사용하는가? 상아는 고작 몇 개 품목에 한정된 사치품을 만드는 데 쓰일 뿐이다. 팔로마 오셰아나 클라우디오 아라우 같은 피아니스트는 상아로 만든 피아노 건반이 아니더라도 모차르트나 스카를라티를 기막히게 연주할 것이다. 40킬로그램 정도의 상아를 구하기 위해 6내지 8톤 무게의 거대한 동물을 살해하는 데 동의하지 않을 거라는 뜻이다.

그런데도 날마다 지구를 죽이는 생태계 파괴자들은

고래나 코끼리를 살육하면서 눈썹 하나 찡그리지 않는다. 과학과 번영에 대한 비합리적인 시각이 범죄를 합법화하는 것을 보면, 인류가 남긴 유일한 유산이 광기인 것처럼 여겨진다. 고래를 죽이는 목적은 무엇인가? 극소수 졸부들의 식도락을 충족시키기 위해서? 고래가 화장품 산업에서 차지하는 비중은 과거의 일이다. 고래에서 1리터의 유지를 추출하는 데 드는 비용은 가난한 나라에 투자해서 그것과 유사한 20리터의 식물성 유지를 짜내는 비용과 같다. 그런데도 유럽에는 여전히 모더니즘으로 위장해서 신문 지면에 자연 보호 조치를 '환경숭배'로 격하시키는 목소리들이 존재하며, 그들의 새로운 윤리에 대한 담론에 열띤 호응을 끌어내고자 자신의 집을 태우는 얼빠진 짓을 마다하지 않는다. '무지한 것을 무시한다', 이는 파괴를 옹호하는 철학자들에게 딱 들어맞는 격언이다.

9

호르헤 닐센은 약속 시간을 지켰다.

"전화로는 얘기할 수 없소. 진심으로 그 사건을 알고 싶으면, 이곳으로 오시오. 내 바다로 모시겠소. 내 배 피니스테레 호가 대기 중이오."

"너무 먼 길입니다. 거긴 지구 반대편 아닙니까. 제가 전화를 드릴 테니 번호를 알려 주십시오. 통화료 걱정 없이 얼마든지 얘기할 수 있을 겁니다."

"조그만 우체국이라, 이렇게 통화를 하는 것도 운이 좋은 거요. 내가 틀리지 않는다면, 당신은 칠레 사람이오."

"네, 거기 출신입니다."

"염려 마시오. 살다 보면 궂은 날도 있는 법이니까. 오시겠소, 안 오시겠소?"

"닐센 씨, 몬트에 여기자가 한 사람 있는데, 전화번호를 드릴 테니……."

"사리타 디아스?"

"아는 사이입니까?"

"아니오. 하지만 안 좋은 소식을 맨 먼저 내가 전해야 한다는 게 두렵소. 오늘 아침에 어떤 여기자가 피습당했더군요. 사진 현상소를 나오는데 자동차가 덮친 뒤에 물건까지 훔쳐 갔어요. 자초지종은 모르지만, 나는 피해자가 그저께 밤에 해군 조선소에 정박 중인 니신마루 호를 사진기로 찍던 아가씨와 동일 인물일 걸로 추측하고 있소. 안됐지만 그 아가씨는 다발성 골절로 입원 중이요. 자, 오시겠소?"

순간 나는 솥뚜껑이 열리면서 악취가 천지를 진동하는 기분이 들었다. 정보를 구하다 희생된 그녀를 두고 볼 수만은 없는 일이었다.

"좋습니다. 준비하는 대로 떠나겠습니다. 어디서 만

나면 되겠습니까?"

"진정하시오. 그 아가씨는 내가 안전한 곳으로 옮길 테니까. 우리는 19일에서 23일 사이에 봅시다. 산티아고에 도착하면 당신 이름으로 푸에르토 몬트 행 탑승권을 받게 될 거요. 거기서 칼부코 섬 앞에 있는 칼레타 산 라파엘까지 이동하여 해협을 건너는 거룻배 '파하로 로코[15]'호를 찾으시오. 거기서 기다리겠소."

그 뒤의 일은 신속하게 진행되었다. 동업자들은 즉각 여행에 동의했다. 그린피스는 그 사건 조사에 공식적인 관심을 표명했다. 다음 날 내 손에는 비행기 표가 쥐어졌다.

공항에서 큰아들 녀석은 '아빠 나라의 바닷소리를 들을 수 있는' 커다란 조개껍데기를 부탁했고, 나에게 그린피스 기장을 건넨 아리안은 이제 막 물속으로 들어가는 고래 꼬리 부분을 가리키며 전송 인사로 대신했다.

"무지개가 환영하고 행운을 안겨 줄 거예요."

누군가가 내 어깨를 가만히 흔든다. 스튜어디스가

---

15) Pájaro loco. 직역하면 '미친 새'라는 뜻.

이어폰을 내민다.

"이어폰요?"

"영화요."

"영화요? 이런, 내가 깜빡 졸았나 봅니다."

"로만 폴란스키 감독의 《해적》이에요."

그래, 내가 가고 있다. 지구 끝의 세계로. 나를 기다
리는 게 무엇인지는 모르지만.

제3부

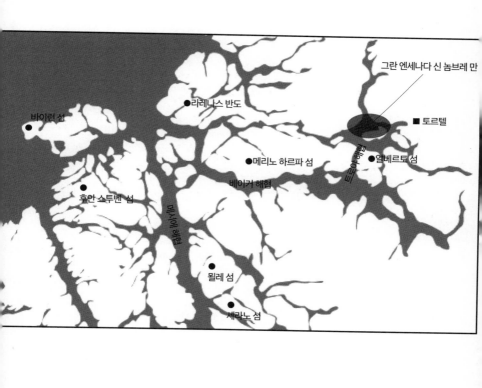

그란 엔세나다 신 놈브레 만

■ 토르텔

라레나스 반도

바이런 섬

메리노 하르파 섬

알베르토 섬

베이커 해협

트로야 해협

후안 스투벤 섬

뫼시에 해협

묄레 섬

세라노 섬

1

6월 21일 화요일 저녁 무렵, 내셔널 항공사 비행기가 푸에르토 몬트에 나를 내려놓았다. 나는 꼬박 30여 시간의 비행에 거의 녹초 상태였다. 함부르크, 런던, 뉴욕, 보고타, 키토, 리마, 산티아고를 거쳐 푸에르토 몬트까지.

나는 비행 중에 칠레로 돌아가는 이번 여행의 의미를 생각해 보았다. 내가 귀향을 염두에 두지 않았던 것은 아니지만, 기억 속에 간직한 것들마저 배신하는 나라를 대한다는 두려움에 번번이 망설였다. 고상하고 선량한 첫사랑의 조국, 잊을 수 없는 어린 시절의 영토.

나는 감옥에 갇혔던, 망명지에서 힘을 모으기 위해 공포의 땅을 등졌던 수많은 사람 중의 한 명이다. 하지만 우리가 맞이한 세상은 치욕적이고 낯선 현실이었다.

야만적인 토착 군부는 다른 야만적인 제복들과 다르지 않았다. 우리는 우리의 조그만 꿈이 이기적이었음을 서서히 깨닫기 시작했다. 그동안 우리는 정의에 맞선 적들을 우리가 지배하는 영토에 소환하기만 하면 그들을 이길 능력이 있다고 자신했지만, 실제로는 게임의 법칙을 고착화해 가는 적들을 편의상 방치한 셈이었다.

길고 힘든 고통의 시간이었다. 우리는 일종의 장학생이나 다름없는 망명 생활을 통해, 인류의 적들에 맞선 투쟁이 세계 도처에서 벌어지고 있다는 것과 영웅이나 메시아를 요구하지 않는다는 것을, 그리고 인간에게 가장 기본적인 권리, 즉 생존권을 방어하는 싸움의 일부라는 것을 이해할 수 있었다.

칠레의 산티아고. 함부르크 생활은 행복했지만, 나

는 늘 산티아고와의 재회를 꿈꾸었다. 나는 그 도시를 연인처럼 기억했고, 그 도시가 세월의 흐름을 거부하는 쇠약한 노파의 모습으로 변했을까 봐 두려웠다.

그러나 나에게는 산티아고를 들여다보고 어떤 모습인지 확인할 여유는 없었다. 호르헤 닐센이 마련해 둔 탑승권은 남쪽으로 향하는 비행기가 이륙할 때까지 반 시간의 여유만을 허용했다. 그 짧은 시간에 나에게 다가선 산티아고는 실비오 로드리게스가 '겨울의 상징들'이라고 노래한 지친 산맥과 마치 과부의 몸을 감싸고 있는 듯한 뽀얀 스모그가 전부였다.

나는 겨울과 함께 푸에르토 몬트에 도착했다. 트랩에서 땅에 발을 내딛는 순간 살이 에이는 태평양의 첫인사를 받았다. 가까스로 영상을 유지하는 날씨에 사나운 바람이 얼굴을 쥐어뜯었다. 나는 거의 녹초 상태였으나 랜드로버 택시에 몸을 싣고 곧장 산 라파엘로 향했다. 사리타의 신변을 확인하는 게 급선무였다.

연안 부두에 닻을 내리고 있는 거룻배는 10여 척에 불과해 애써 파하로 로코 호를 찾을 필요조차 없었다.

한 남자가 갑판에서 담배를 피우다가 나를 보자 뭍으로 뛰어내렸다. 나는 한눈에 그가 호르헤 닐센임을 알아보았다.

하얗고 머리숱이 풍성한 장발이라 나이를 가늠하기가 힘들었다. 저만치에서 걸어오는 모습이 유럽의 일부 항구에서 볼 수 있는 등짐을 멘 선원이나, 파나마와 라이베리아 같은 가난한 나라의 깃발이 달린 낡은 선박의 갑판 위에서 승무원이 기우뚱거리는 몸의 균형을 잡기 위해 기이한 펠리컨 걸음으로 걷는 것 같았다. 뭍에 자주 내리지 못해 그런 걸음걸이가 몸에 밴 탓인데, 그렇게 걷는 이들을 이제는 항해 소설에서도 찾아보기 힘들다. 반면에 요즘 젊은 선원들은 컴퓨터에 능통한 전문가들이거나 배 위에서 주어진 일만 하는 경우가 대부분이다. 이제는 선원들의 급여도 최고가 아니다. 항구들이 현대화되었지만, 또다른 세상을 구경한다는 것에 대한 기대가 사라진 지도 오래되었다. 모두가 장대한 바다의 요술 같은 매력으로부터 등을 돌린 것이다.

내 눈앞에서 걸음을 멈춘 그가 다리를 벌린 자세로 손을 내밀었다.

"호르헤 닐센 선장이오. 여행은 어땠소?"

"그 얘긴 나중에 하고, 사리타는 어떻습니까?"

"진정하시오. 생각만큼이나 심각하진 않으니까. 한쪽 다리와 갈비뼈 두 대가 골절되긴 했지만, 상태는 괜찮아요. 안전한 곳에 있으니 곧 호전될 거요. 당신이 온다는 소식도 알고 있고, 곧 보게 될 텐데, 당장은 아니오. 보시다시피 파도가 사나워서 잠잠해질 때까지 기다려야겠소. 믿을 만한 펜션에 방을 하나 잡아두었으니 따라오시오."

우리는 말 없이 발걸음을 떼기 시작했다. 어색한 분위기에서 침묵은 때때로 가장 좋은 대화 방법이다.

개들을 보면 알 수 있다. 놈들은 짖거나 으르렁거리지 않고 서로의 엉덩이에 코를 대고 상대가 적인지 아군인지를 파악한다. 우리가 그랬다. 펜션에 도착했을 때 둘 사이에 다리가 하나 생겼음을 알았다.

기진맥진한 상태였지만 세상에서 가장 신선한 해산

물로 차려진 저녁 식사를 놓칠 수는 없었다. 싱싱한 사과 치차와 거칠고 떫은 맛이 감도는 통나무 통에서 숙성된 포도주가 몸에 생기를 불어넣어 주었다. 저녁 식사를 마치자, 화로에서 타오르는 장작 냄새가 자연스럽게 대화로 이끌었다.

"바깥세상으로 나간 지 오래되었소?"

"75년부터입니다. 선장이라고 소개하셨으니, 그렇게 호칭하면 되겠습니까?"

"관습의 힘이란 게 그런 거요. 섬사람들이 그렇게 부르는데, 나 역시 싫진 않소. 막상 '선장님' 하고 부르면, 지나가던 바람이 비웃는 것 같지만. 편한 대로 부르시오."

"니신마루 호는 어떻게 된 겁니까?"

"서두르지 마시오. 모든 걸 알게 되고, 모든 걸 보게 될 거요. 세상에는 말도 안 되는 이야기가 있듯, 바다 일에도 언어라는 게 부족할 때가 없지 않소."

"그렇다면 일단 신분 정도는 밝히십시오"

"바다의 사생아 정도로 해둡시다."

"그 정도로는 충분하지 않습니다, 선장님. 저는 이 번 여행만으로도 믿음을 주었다고 생각합니다. 더욱 이 그린피스나 저나, 우리는 대화 상대에 대해 알고 싶습니다."

"너무 어려운 것을 요구하는구려. 난 말수가 적은 사람이라서 그런지 여태까지 내 전기를 어떻게 쓸까, 생각조차도 못했소. 늙은이들은 망각으로 가득 차 있 다는 걸 모르시오?"

"선장님, 저는 호기심으로 가득 차 있습니다. 생판 모르는 사람과 저녁을 먹기 위해 2만 킬로미터나 되 는 길을 나섰던 게 아니라고요."

"알겠소. 그렇게 다그치니 별수 없군. 하지만 내가 나에 대해 말하는 경우는 이번이 처음이란 걸 아시 오. 자, 불 앞으로 더 다가오시오. 혹시 아주 고상한, 무두질한 과라폰[16]의 오루호[17]를 마셔본 적 있소? 통 속에 소가죽을 넣고 발효시킨 거요. 딱 두 잔만 준비 하리다."

---

16) guarapón. 강렬한 햇빛을 막는 챙이 넓은 가죽 모자.
17) orujo. 포도주를 담고 남은 껍질 찌꺼기를 증류한 브랜디.

2

본명은 할아버지와 아버지의 이름을 그대로 물려받은 외르크 닐센이었다. 덴마크 출신의 모험가였던 그의 부친은 1910년에 데솔라시온 섬의 북서항로를 개척하기 위해 고양이 한 마리를 데리고 마젤란 해협을 찾아 나섰다. 그의 부친이 원한 것은 태평양으로 나가는 푸에르토 미세리코르디아까지의 위험한 뱃길이 아닌 새로운 항로였다. 끝내 그 루트를 찾지 못했지만, 그 과정에서 개척된 북쪽의 뱃길 덕분에 남극해의 항해도는 이전보다 풍요로워졌다. 그의 부친은 운마저 따르지 않았다. 해군 소속이거나 공식적으로 허가된 탐험대가 아니었던 까닭에 그가 발견한 항로들을 다른 사람들이 차지함으로써 이름조차 남기지 못했다.

칠레인들은 그런 식의 감사와 인정을 '칠레식 보상' 이라고 부른다. 그런데 그의 부친은 무명의 이름만 만난 게 아니었다. 거역할 수 없는 죽음이 데려갈 때까지 파타고니아 지방의 짧은 여름과 긴 겨울 동안에 그의 동반자였던 섬 처녀와의 사랑도, 바다에서 태어나 파도의 요람에서 자라난 마지막 동반자인 아들도 만났다. 그는 차가운 카테가트[18] 해역에서 한 세기 전부터 시작된 바닷길 탐사를 이어가라는 의미로 아들에게 외르크라는 이름을 주었는데, 하지만 그 이름은 발음을 문제 삼은 호적 담당 공무원의 손에서 에스파냐어인 호르헤로 기록되었다.

"내 모친의 이름을 밝히지 않는 이유가 궁금할 거요. 대답은 간단해요. 이름이 없었거든. 내 모친은 오나 출신으로, 마젤란이 도착하기 훨씬 이전부터 바다사자 가죽으로 만든 배에 마 껍질로 만든 돛을 달고 해협을 건너다니던 거인족 중에서 마지막까지 생존했던 분이오. 생전에 부친은 아내를 '여자'라는 호칭으

---

18) Kattegat. 발트 해와 북해를 연결하는 해협.

로 불렀다는데, 나는 1920년에 나를 낳고 몇 달 뒤에 세상을 떠난 모친에게 다른 이름을 불러 줄만한 기회조차 없었다오. 그 뒤로 부친은 스무 해를 더 사셨지만, 해협을 찾는 항해에 몰두한 채 다른 여자는 거들떠보지도 않았고요.

조금이나마 내가 아는 모친에 대한 기억의 조각들은 기나긴 겨울밤, 대륙 안쪽으로 들어앉은 협만에 배를 정박했을 때, 부친이 들려주던 것들이라오. 모친은 배가 뭍에 정박하는 것을 두려워했어요. 배가 항구나 부두에 가까워지면 갑판 밑으로 몸을 숨기고선 상처 입은 짐승처럼 부들부들 떨거나 흐느끼기 시작했다고 하는데, 거기엔 그럴 만한 사연이 있었어요. 모친은 오나 출신으로, 오나 사람들은 인근의 야간, 파타고니아, 알라칼루페의 원주민들처럼 파타고니아와 티에라 델 푸에고에 정착한 영국, 스코틀랜드, 러시아, 독일인 그리고 크리오요[19] 같은 목축업자들에게 지독한 핍박을 받았던 거요. 모친은 근대사에서 자행된 학살극을 똑똑히 보고 겪은 목격자이자 증인으로, 학살

---

19) criollo. 중남미 식민지에서 태어난 유럽계 후손.

자는 오늘날 산티아고나 부에노스아이레스에서 소위 개발의 용사로 존경받는 목장주들이었어요. 처음에 귀 두 개를, 나중에 고환과 자궁을, 마지막으로 머리를 가져온 자들에게 포상으로 은화를 내걸었던 인디오 사냥꾼들 말이오.

오나 사람들은 기이한 부족이었어요. 세상에 거의 알려지지 않았던 그들은 유럽인들이 도착할 때까지 주로 해변에 서식하는 연체동물이나 구아나코[20]를 사냥했어요. 해협을 건널 수단으로 야간이나 알라칼루페 사람들이 만든 배와 교환하고자 바다사자나 고래 뼈로 낚싯바늘이나 화살촉 같은 사냥 도구들을 만들었고요. 하지만 수 세기에 걸쳐 신들과 함께 어두운 숲속에서 그렇게 살아오던 오나 원주민들은 이주해 온 유럽인들에게 쫓겨날 수밖에 없었어요. 오나 사람들의 신들은 뚱뚱하고 느긋하며 평화로운 신들이었대요. 전설에 따르면 유럽인들이 숲을 강탈하자 오나 사람들은 신들을 해협 건너로 옮기기 위해 커다란 배를 한 척 만들었는데, 배를 만드는 기술이 부족했던 탓

---

20) guanaco. 낙타과에 속하고 라마와 유사하며 안데스 산지에 서식한다.

인지 아니면 신들의 몸집이 워낙 컸던 탓인지 해협을 건너다 그만 침몰하고 말았어요. 그래서 원주민 사냥이 시작되었을 때, 자기 부족을 지켜줄 수호신이 없었던 오나 사람들은 짐승의 가죽과 삼 껍질로 조악한 배를 만들었는데, 이를 지켜보던 유럽인과 크리오요들 사이에는 그들이 바닷속으로 가라앉은 그들의 신들을 구하려고 그랬다는 이야기가 떠돌았대요. 어쩌면 그들의 신과 함께 살아갈 새로운 안식처를 마련하려고 그랬을지는 아무도 모르고 앞으로도 모르겠지만, 그들에 대한 전설이 많다는 건 분명한 사실이라오.

아무튼 학살극을 피해 많은 이들이 바다의 유랑자가 되었지만, 바다가 그들을 구해 주지는 못했어요. 원주민 사냥은 증기선이 해협을 통과하던 무렵에 이미 목축업자들의 스포츠로 변해 있었어요. 그자들은 육지에서 원주민들을 몰아내고, 수백만 헥타르에 달하는 삼림을 태우는 것도 부족해서 아예 원주민들의 씨를 말렸어요. '냉동된 새끼비둘기 쏴 맞히기'라는 말 들어보셨어요? 그건 당시에 매키버, 올라바리아,

보셰프, 브로티검, 폰 플락, 스펜서 가문으로 알려진 목축업자들의 스포츠로, 바다에 떠다니는 빙산조각 위에 인디오 일가족을 올라가게 한 다음, 먼저 다리를, 다음에 팔을 맞힌 뒤에 얼어 죽든 물에 빠져 죽든 가장 오래 버틴 쪽에 내기를 거는 게임이었어요.

나는 부친이 세상을 떠나자, 외로움에 익숙해졌고, 세상을 불신했지요.

부친은 호인이셨어요. 우리 부자는 덴마크 카테가트의 방언으로 대화를 나누었어요. 나는 그 말을 읽고 쓰는 법을 배웠는데, 스칸디나비아에서 부친을 태우고 왔던 범선 '피오나 호'의 항해 일지가 교재였어요. 에스파냐어를 배운 것은 칠레 당국이 칠레 국기를 달고 항해할 것과 '파소 델 오나 호'의 항해 일지를 기록하라는 지시를 받은 뒤였고요.

파소 델 오나 호는 피오나 호가 디에고 곶 부근 해상에서 폭풍우를 만나 암초에 부딪혀 침몰한 뒤에 부친이 구입한 뱃머리가 낮은 보트였어요. 나는 그 배에서 태어났어요. 그래서 그 배는 지금까지도 나에게 조국이라는 단어를 떠오르게 만들어요. 이미 존재하지 않는 배가 되었지만 말이오. 부친이 세상을 떠나자, 나는 해야 할 일을 했어요. 그들의 관습과 제식에 따라 시신을 배의 키에 묶은 채 페나스 만의 심해에 수장한 거요. 누가 알겠어요. 어쩌면 그 깊은 바닷속에서 자신의 '여자'를 만났을지도.

그리하여 내게 남은 사람은 메시에 해협 입구에 위치한 반 데어 묄레 섬의 서쪽 해안에 살고 있던 한 노파뿐이었어요. 노파는 에스파냐어도, 덴마크어도, 다른 언어도 몰랐어요. 간혹 오나 말로 콧노래를 부르다가도 내가 나타나면 금방 입을 다물었던 것으로 보아 어떤 사연이 있을 거라고 짐작할 수밖에. 이름도 없었고, 아무튼 그렇게 세월이 흘렀어요.

그 무렵, 그러니까 1942년쯤에 나는 부친이 생전에 손수 지은 통나무집에 살고 있었어요. 그 집은 반 데어 묄레 섬으로부터 메시에 해협을 통해 1.5마일 지점에서 갈라지는 곳에 위치한 세라노 섬에 있었는데 북서쪽 해안에서 불어오는 바람을 견디기에 적합했어요. 나는 조난자가 아니면서도 혼자였고, 그 섬의 유일한 거주민이었어요. 맞은편 섬에 사는 노파보다 돌고래가 더 낫다는 내 속내를 감추고 싶지는 않은데, 적어도 돌고래들은 내 말에 반응하는 데 반해, 불쌍한 노파는 푸에고 지방의 안개보다 더 숨 막히는 공포에 사로잡혀 벌벌 떨면서 해야할 말을 꾹꾹 삼켰거든요. 그래도 나는 날씨가 허용하는 날이면 노파를 살펴주고, 또 잠깐이라도 함께 있어 주려고 어김없이 작은 돛단배로 해협을 건너곤 했다오.

하루는 노파가 안 보이더라고요. 화롯불의 온기가 미미하게 남아 있어, 주위를 살펴보니 이리 떼의 발자국뿐이었어요. 세월의 흐름과 두려움을 견디지 못한 채 훌쩍 떠나버렸던 거요. 그때 나는 알았어요. 다시는 그녀를 만나지 못하리라는 것을, 그리고 다시는 내가 그 섬을 찾지 않으리라는 것을.

그 노파의 죽음과 그녀가 마지막 오나 사람이었다는 사실을 알게 된 것은 여러 해가 지난 뒤였어요. 이 세상에서 가장 증오스러운 바다로 피신한 한 종족의 최후. 나는 푼타 아레나스에서 발행하는 한 지방지에서 그녀의 죽음에 관한 기사를 읽었던 것으로 기억하고 있어요. '한 프랑스 탐험대가 마젤란 해협에서 태평양으로 나가는 곳에 위치한 데솔라시온 섬 앞에서 표류하고 있던 노파를 발견했다. 프랑스 사람들 눈에는 손바닥만 한 배가 거의 전파 상태였음에도 전복되지 않은 게 기적으로 보였다. 노파는 살아 있었다. 프랑스 사람들은 그녀의 건강 상태를 진단하면서 다시 놀랐다. 90대로 추정되는 나이에 실성한 상태였다. 실제로 그녀는 프랑스 사람들이 잠깐 방심한 사이에 배의 난간을 넘어 자신의 배로 뛰어내리려고 발버둥 쳤다. 다급해진 프랑스 사람들은 그녀를 붙잡아 안정제를 주사했는데, 그게 마지막이었다.' 그 노파는 미치지 않았어요. 오나의 신들은 바다에 살고 있고, 그녀는 불청객들이 나타나기 전까지 그 신들을 찾고 있었던 거요.

그게 끝이었다오. 나는 푼타 아레나스로 나갔고, '마젤란 호'에서, 나중에는 전시 상태인 유럽에 목재와 육류와 곡물을 실어 나르던 '토메 호'와 '산 에스데반 호'에서 승무원으로 일했어요. 그로부터 몇 년 후, 산탄데르에서 진로를 바꾸었는데, 카리브 해가 좋았고, 인도양과 남태평양이 유혹하더군요. 뮈뤼로아, 뉴질랜드, 오스트레일리아, 일본. 한데 어느 날 갑자기 수평선 앞에서 왜소해지는 기분이 듭디다. 그때가 1980년, 내 나이 예순. 어떤 선박도, 하물며 리베리아 선박도 나를 고용하려 들지 않는 나이였어요. 긴 항해를 고집하기엔 몸도 따라주지 않았고. 이제 무엇을 할 것인가? 나 자신이 칠레인이라고 느껴본 적이 없는데, 모든 바다 동물은 자신이 태어난 강 하구로 돌아간다는 또 다른 항해가들인 마오리족의 말이 떠오르더군요. 그건 가능한 일일지도. 왜냐, 나는 예순 살이 되기 전에 이미 반복해서 꿈을 꾸기 시작했으니까. 남극의 해협을 항해하는 꿈. 이 대목에서 당신은 내가 스스로를 칠레인이라고 말하지 않은 점을 주목하시오. 그리고 비글 해협으로 가서 연안의 픽튼 섬, 레녹스 섬, 누에바 섬에 서식하는 물개나 기러기나 펭귄에게 물어보시오. 아르헨티나 출신인지, 칠레 출신인지를. 통치권이란 군인들이 자기가 흘린 침을 닦으려고 만들어낸 손수건 같은 거라오.

나는 그 꿈들을 일종의 부름으로 이해하고 돌아왔어요. 지난 40년 동안 파나마 은행에 조금씩 저축해둔 돈이 해안가에 말년의 휴식처를 마련하고도 남을 적지 않은 금액이었지만, 남쪽이 끌어당기는 밧줄에 묶인 거요.

1981년 말이었소. 이바녜스 항에서 창대한 바다를 항해하던 구형의 범선 한 척을 만났어요. 그게 피니스 테레 호인데, 나는 그 배를 그 배에 딸린 일꾼 한 명과 함께 사들였어요. 글쎄, 진짜라니까. 빵처럼 생긴 우아한 거구였고 배에서 먹고 자는 사람이었는데, '페드로 치코'라는 그의 이름은 신장이 2미터가 넘는 그의 아버지 페드로와 구별하기 위한 별칭이었어요.

페드로 치코를 처음 만난 그 순간, 나는 깨달았지요. 우리 두 사람은 항해 준비를 마치자마자 남쪽으로 방향을 잡았어요.

세라노 섬에 있는 통나무집은 40년 전의 모습을 거의 그대로 간직하고 있더군요. 섬에는 아무도 살지 않았고요. 수천 개의 크고 작은 섬과 암벽과 암초가 널려 있는 데다, 주변 날씨가 마치 천지 창조의 순간처럼 변화무쌍한 그곳이 남은 생을 거두기에 더없이 좋아 보였어요. 무엇보다 나 자신의 항구였으니, 페드로 치코와 함께 아무도 마주치는 일 없이 지혜로운 바다가 정해준 삶을 영위하며 항해할 수 있었는데. 그러나 영원한 건 없는 법.

차츰 돌고래들이 비정상적으로 줄어들더군요. 반데어 묄레 섬 절벽 앞에서 보리 고래들이 도약을 멈추고, 페나스 만에서 봄마다 짝짓기를 하던 참거두고래들이 열 식은 솥처럼 잠잠해지고. 그건 일본인들과 렐론카비 북쪽에 위치한 칠레군의 생태계 파괴와 무관한 게 아니었어요. 그즈음 북쪽 해안에 있는 숲과 산에서 대규모 벌목이 진행되는 바람에 어쩌면 산란을 위해 강을 거슬러 올라가는 연어들의 회귀를 영원히 못 보게 될지도 모를 일이었어요. 무차별한 벌목으로 원주민만큼이나 오래된 수령의 원시림과 자연림은 물론이고 아직 나무 그늘조차 드리우지 못한 관목들까지 잘려 나가면서 사시사철 푸르던 삼림이 황폐한 사막으로 변했고, 수천 종의 곤충이나 강가에 서식하는 작은 동식물이 생명의 터전을 잃었어요. 그때만 해도 우리 두 사람은 모든 게 우리 거주지로부터 수천 마일 떨어진 북쪽에서 벌어지고 있는 재앙쯤으로 여겼지요. 하지만 그게 아니었어요. 대체 이게 무슨 조화란 말인가? 주변의 변화들에 대해 곰곰이 헤아려 보던 우리는 1984년 어느 여름 아침에 그 답을 찾았다오.

눈앞에서 벌어지는 광경이 온몸을 얼어붙도록 만들더군요. 혹시 '칼레우체'라고 들어봤소? 그건 바다를 떠도는 네덜란드 유령선의 별칭인데, 설사 우리가 칼레우체와 맞닥뜨렸다 해도 모닝턴 섬 남쪽 트리니다드 만에서 목격한 장면만큼 경악하진 않았을 거요.

족히 1백 미터가 넘는 전장에 갑판이 여러 개인 해상 가공선이 공해상에 정박한 채 모든 엔진을 가동 중이더군요. 우리는 선미에 걸린 일본 국기가 식별이 가능한 정도까지 다가갔어요. 그 배에서 4분의 1마일 정도 떨어진 지점에 이르자 자기들 배로부터 멀리 떨어지라는 경고의 총성이 울리더군요. 그럼에도 우리는 해상 가공선에서 벌어지는 장면을 놓치지 않았어요.

직경이 2미터가 넘는 대형 파이프가 바닷물을 빨아들이고 있었어요. 물결의 파장과 모터 진동음이 우리가 탄 소형선에서 느껴지는데, 그때마다 그 주변 바닷물이 시커멓고 걸쭉한 수프 색깔로 변하더군요. 포획금지종인지 보호종인지 그런 건 신경조차 쓰지 않았어요. 우리는 거의 숨도 쉬지 못한 채 새끼 돌고래들이 파이프 속으로 빨려 들어가는 걸 지켜보았어요.

무엇보다 끔찍했던 건 배의 후미에서 고래들을 도살한 후에 그들이 원하지 않는 잔해물들을 바다로 쏟아내는 것이었어요.

작업은 신속했어요. 해상 가공선이야말로 인간이 발명한 가장 거대한 괴물 중의 하나더군요. 그자들은 물고기 떼를 뒤쫓는 게 아니었어요. 그들이 하는 일은 고기잡이가 아니라, 잘사는 나라들이 원하는 동물성 기름과 유지를 구하기 위해 돌아다니는 거였소. 목적을 달성하기 위해 바다를 죽이는 짓에 망설임조차 없는.

그해, 우리는 가짜 혼 곶 부근의 공해상에서 비슷한 선박들을 여러 차례 목격했는데, 그들은 미국, 일본, 러시아, 에스파냐 국적으로, 모두가 어김없이 똑같은 짓을 하고 있더군요.

그해 우리는 불길한 겨울을 보냈어요. 참담한 데다 분노가 치밀어서 피니스테레 호에 폭발물을 가득 싣고 해상 가공선으로 돌진하는 상상까지 했으니, 참으로 지독한 겨울이었어요.

나는 의아한 눈길로 쳐다보는 페드로 치코 앞에서 단파 방송 주파수를 돌렸다오. 어떤 조언이든 구하고 싶더군요. 뱃사람들이 라디오를 얼마나 애지중지하는지 당신은 모르겠지만, 우리에게 라디오는 때때로 우리를 기억해주는 신의 음성 같은 거요. 그런 우리의 간절한 희망이 사라지려고 할 때, 지중해에서 활동 중이던 그린피스의 소식을 전하는 '라디오 네덜란드' 캐스터의 씩씩한 목소리가 들리더군요. 산호가 서식하는 심해를 죽이는 또 다른 뻔뻔한 행태라며 그린피스에서 필리핀 산 산호 막대 사용을 저지하고 나섰다는 내용이었어요. 나는 페드로 치코를 얼싸안고 펄쩍펄쩍 뛰면서 큰소리로 외쳤던 것으로 기억해요. "페드로, 우리만이 아니야! 바다를 지키고자 하는 사람들이 우리만이 아니라고!" 한데 그 순간 내 인생에서 가장 놀라운 이야기를 듣게 될 줄이야. 글쎄, 극도로 말수가 적은 페드로 치코가 전에 없는 낯선 표정으로 그러더군요.

'선주님, 털어놓을 비밀이 하나 있습니다. 아시다시피 저는 알라칼루페 사람으로, 우리에게 화톳불의 돌 앞에서 한 맹세는 신성합니다. 선주님, 사실 저는 참거두고래들이 숨어 있는 곳을 알고 있습니다.'

그러면서 자기 비밀을 나와 공유한 거요.

우리가 코르코바도 만에서 니신마루 호를 발견하자마자 그린피스와 교신하기 위해 칠로에 섬으로 향했던 건 그런 연유였소. 그린피스가 너무 멀리 있다는 건 안타까운 일이오. 그러나 우리는 바다 외에 다른 도움 없이 일본인들과의 싸움에서 승리할 거요. 사랑과 증오. 삶과 죽음. 비밀과 폭로. 이 모든 건 한결같고, 나이가 없다오. 바다란 그런 건데 ……."

바닷사람 이야기에 긴 침묵이 흘렀다. 장작 타는 소리가 침묵을 연장하라고 다독거리는 것 같았다.

"저는 무슨 말을 해야 할지, 어디서부터 시작해야 할지 모르겠습니다."

"눈을 붙이도록 합시다. 나도 좀 피곤하네요."

"좋습니다. 안녕히 주무세요, 닐센 선장님."

3

다음 날 새벽에 닐센 선장이 나를 깨웠다. 식탁에는
커피포트와 오븐에서 구운 빵이 놓여 있었다. 내 마음
을 헤아린 선장이 사리타 소식으로 말문을 열었다.

"상태가 호전 중이오. 골절상이라 많이 아프겠지만
워낙 강단 있는 아가씨잖소. 여긴 마법사들의 영역이
라 당신이 도착했다는 소식까지 접했나 봅디다. 이걸
받으시오. 그 아가씨 안부요."

흐트러진 글씨체로 쓴 종이에는 그간의 과정이 담
겨 있었다. 사리타는 해군 소속 조선소에서 니신마루
호를 목격하고 그 장면을 사진기에 담았지만, 사후의
위험을 염두에 두지 못한 모양이었다. 그녀는 한 친

구의 현상소에서 사진을 찾아들고 나섰는데, 도로에서 낯선 남자 두 명이 그녀를 강제로 차에 태웠다. 그녀는 그들의 얼굴은 볼 수 없었지만 칠레 사람이라고 확신했다. 그들은 필름과 사진을 빼앗고 그녀를 도로로 밀어냈다. 병원에서 입을 열면 죽이겠다는 협박까지 받았던 그녀는 나에게 안전한 곳으로 피신시켜줘서 고맙다고 했다. 그녀는 모든 게 닐센의 작품이라는 사실을 몰랐지만, 나는 일부러 그 부분에 대해 모르는 척했다. 나는 이미 닐센을 믿고 있었다. 누군가를 신뢰한다는 것은 우리 인간이 마음에 품을 수 있는 가장 아름다운 감정 중의 하나이다.

"선장님, 이젠 어떡하실 생각입니까?"

"일단은 파하로 로코 호로 북쪽으로 갈 생각이오. 거기서 니신마루 호를 살펴본 다음, 피니스테레 호가 있는 남쪽으로 갑시다."

파하로 로코 호는 바닥이 평평한 거룻배인데, 두 개의 강력한 디젤 엔진에 의해 수면 위를 나는 듯이 미끄러진다고 해서 '마투테로', 이른바 남극해에서 활동하는 밀수업자들의 배로 불렸다. 그 배에는 말수가 적은 선주 체초 씨와 나중에 높은 파고에도 시속 40노트로 항해하는 배에서 나에게 고급 요리를 가르쳐준 그의 '동업자'라는 선원이 타고 있었다.

배는 칼부코 섬을 끼고 북동쪽으로 나아가다가 30분 정도 후에 렐론카비 만으로 들어섰다. 북쪽 수평선으로 몬트 항이 그 모습을 드러냈는데, 배가 군사용 방파제 앞을 지나기 전에 가볍게 방향타 움직이는 소리를 내면서 우리에게 해군 조선소 내부를 들여다볼 수 있게 해 주었다.

니신마루 호가 틀림없었다. 나는 그 배를 내가 가져온 사진과 비교했다. 그린피스가 요코하마 항에서 저지했던 그 니신마루 호와 일치했다. 좌현 쪽 옆면의 손상이 심한 게 수많은 충돌로 생긴 흔적 같은데, 그 주위로 노동자들이 부산하게 움직였다.

"대체 뭐를 들이받은 겁니까?"

"바다를 들이받은 거요. 그건 그렇고, 아시다시피 모리셔스 섬[21]은 너무 멀잖소."

---

21) Mauritius. 모리셔스 공화국은 아프리카의 동부, 인도양 남서부에 있는 섬나라.

"이 배로는 그렇겠네요. 하지만 실제로 그곳을 항해하던 배는 이 니신마루 호가 아니라 니신마루 II호였습니다."

그 대목에서 나는 닐센 선장에게 니신마루 호의 불법 항해를 허용한 위장 폐선에 관해 우리가 조사한 모든 것을 설명했다.

"젠장, 해적질이 끝장났다고 누가 그랬지? 방금 보았듯 당신도 모든 게 사실이란 걸 알게 되었군. 그리고 우리에겐 더 멋진 게 남아 있어요. 체초 씨, 남쪽으로 갑시다. 전속력으로!"

파하로 로코 호가 180도를 선회한 뒤, 뽀얀 물거품을 일으키며 남쪽을 향해 치닫기 시작했다.

"이 바람이 얼굴을 할퀴기 전에 동업자가 있는 곳으로 내려가는 게 낫겠군. 하지만 그전에 당신이 봤으면 하는 게 하나 있소. 저게 뭔 줄 아시오?"

닐센 선장이 손가락으로 가리킨 곳은 항구 옆에 솟아 있는 산이었다. 오렌지빛이 감도는 황토색 산허리에는 수많은 트럭과 불도저가, 산봉우리에는 크레인이 바쁘게 움직이고 있었다.

"산이군요. 이상하게 들리시겠지만, 항구 옆에 산이 있었다는 게 기억나지 않습니다."

"이상할 것도 없어요. 새로 생겨난 산이니까. 저건 땅속에서 솟아난 게 아니라 나무 톱밥으로 쌓은 거요. 5년 전부터 칠레 남부 지방 해안가는 저런 산이 부지기수라오. 일본으로 실려가 제지 산업용으로 쓰인다는데, 귀한 나무와 어린 관목까지 베어내는 바람에 숲이 죄다 쑥대밭이오. 누군가는 독서의 즐거움을 누리기 위해 치러야 할 대가라고 합디다만 가당치 않아요. 그건 조림 사업에 투자하는 비용이 자연림을 벌목하는 비용보다 훨씬 더 든다는 기본 상식조차 모르고 하는 소리니까요."

톱밥으로 생긴 산의 광경이 바람이 얼굴을 때리는 것보다 더 예리한 통증을 안겨 주었다.

우리는 똑바로 서 있을 수 없을 정도로 낮은 갑판 밑에 자리를 잡았다. 닐센이 항해도를 펼쳤다. 그 사이에 동업자는 우리에게 점심에 나올 양고기를 약한 불에 굽는 법을 세세하게 설명했고, 일정한 시간마다 체초 선장이 있는 조타실로 올라가거나 조그만 절구 통에 양념을 찧었다.

닐센 선장이 입을 열었다.

"이제 배는 안쿠드 만으로 들어서고 있어요. 보다시 피 물결은 잔잔해요. 자, 당신만 좋다면 간밤에 했던 이야기를 계속할까 하는데, 어떻소?"

"저야 고마운 마음뿐입니다."

"당신도 알고 있듯, 나 역시 대왕고래 포획에 관한 허가 내용을 알았지만, 그렇게까지 중요하게 인식하 진 않았다오. 고래를 포획하는 시기가 아니었으니까. 겨울 문턱에 들어선 것도 아니고. 그래서 코르코바도 만 앞에 나타난 니신마루 호를 목격했을 때, 페드로 치코가 털어놓은 비밀을 떠올리며 일본인들의 의도 를, 즉, 그자들이 참거두고래를 뒤쫓고 있다는 걸 확 신했어요. 한데 뭔가 들어맞지 않는 게 있더군요.

만일 일본인들도 고래 떼의 은신처를 알고 있었다 면, 북쪽이 아니라 물자들이 충분히 구비 된 항구를 들렀어야 해요. 남극해 직전의 마지막 대피항인 푼타 아레나스에서 부족한 물자를 공급받고, 거기서 살바시온 만을 향해 북쪽으로 갔다가 협곡을 향해서 다시 동쪽으로 꺾어야 하니까. 하지만 뭔가 이상했어요. 몬트 항은 보급품 상점이 형편없다지만, 그렇다고 어느 부두에도 정박하지 않고, 대체 뭘 기다리는지 코르코바도 만 앞에 닻을 내린 거요. 그날 나는 페드로 치코와 종일 머리를 쥐어짜야 했어요.

그 의문은 6월 4일 오전에 풀렸어요. 니신마루 호 상공에 2인승 소형 헬기가 나타난 거요. 하지만 헬기가 갑판에 설치된 착륙장에 접근했다가 번번이 착륙에 실패하고 다시 떠오르길 반복하는데, 그건 푸엘체 때문이었어요. 지금 내가 무슨 얘기를 하는지 알고 있소?"

푸엘체. 남극의 가을이 끝날 무렵이면 대서양에서 돌풍이 일기 시작한다. 그 바람은 팜파를 휩쓸고 아르헨티나의 파타고니아 산맥을 거침없이 밀어붙이며, 칠레 연안에 도달하기 전에 만년설의 냉기와 섞여 쿠아트로 피라미데스와 멜리모이우의 낮은 산들을 얼어

붙게 만든다. 그리고 그 바람은 구아이테카스 군도에 이르러 태평양에서 불어오는 강한 바람과 맞부딪치며 동서쪽에서 북쪽으로 방향을 바꾸고, 돌멩이를 들썩거리게 만드는 차가운 돌풍과 함께 안쿠드 만과 렐론카비 만에 도달한다. 그래서 칠로에 출신 뱃사람들은 푸엘체가 불면 집에 있는 게 상책이라고 말한다.

"푸엘체가 심했던 터라, 니신마루 호는 닻을 올려 몬트 항으로 이동하더군요. 거기서 갑판에 내려앉은 헬기를 밧줄과 천막으로 고정하자마자 다시 항해에 나섰고요. 방향은 남서쪽, 그러니까 우에추쿠이쿠이 곶 전방이자 코로나도스 만의 남쪽에 있는 차카오 해협의 출구 쪽이었어요. 헬기가 왜 필요했는지는 모르지만, 다니후지는 분명 서두르고 있었어요. 폭풍우를 뚫고서 남쪽을 향해 전속력으로 내달리는 것으로 봐선. 그런데 지금 해도를 읽고 있는 거요?"

나는 온 신경을 집중해서 해도를 좇고 있었다. 닐센 선장이 오른손으로 가리키는 그 많은 섬과 곶과 만의 이름 때문에 진땀을 빼고 있던 참이라 해도에 익숙해지려고 잠시 휴식을 제안했다. 그는 청색 얼룩이 무수하게 찍힌 해도를 내 앞으로 놓아주었다.

갑판으로 올라가기 전에 그가 재미있다는 표정으로 나를 쳐다보았다.

"해도를 배울 것까지는 없어요. 그건 불가능하고, 그걸 다 뇌에 저장할 사람은 없으니까. 자, 자리를 뜨기 전에 일화를 하나 들려주리다. 한 친구가 있었어요. 세사르 아코스타라는 이름보다 '바다사자'라는 별명이 더 어울리는 그 친구는 칠로에 섬 출신으로 마젤란 해협에서 오랫동안 선원으로 일했어요. 그 친구는 어떤 배든지 키를 잡으면 태평양과 대서양까지 거침없이 돌아다녔어요. 해양 학교는 근처에도 못 간데다 사회주의자였고요. 그런데 1973년 쿠데타로 군부가 세상을 장악했던 시절, 그 친구가 푼타 아레나스 지방 해양 사무소로부터 도선사 면허증 갱신 시험을 치르라는 통고를 받았어요. 40년 이상 바다를 누비던 그 친구에게 신참 해군 중위는 해협의 위치가 표시된 해도를 보여주며 물었지요. '가장 위험한 모래톱이 어디 있는지 가리켜 보세요.'라고. 그 친구는 턱수염을 쓰다듬으며 이렇게 대답했고요. '당신이 그걸 알면 내가 축하하리다. 나에게 항해는 그런 곳이 없다는 사실을 아는 것만으로도 충분하니까.'"

정오가 가까워지는 시간에 갑판으로 올라갔다. 해상은 짙은 해무로 섬들의 윤곽조차 알아보기 힘들었지만, 세 사람은 느긋하게 마테 차를 마시고 있었다.

배는 차우케네스, 탁, 아피오, 출린 섬을 지났고, 오후 2시에 차이텐 항 어귀에 정박했다. 연료를 채울 겸 향나무와 월계수 향신료가 가미된 양고기 요리를 해치울 시간이었다

"한 시간 휴식이니, 사지를 쭉 뻗고 속을 비우도록 하시오. 만만찮은 뱃길이 나올 텐데, 정어리 깡통으로 만든 이 배가 그다지 달가워하지 않거든요. 아무튼 몇 마일 더 가면 코르코바도에 들어설 거요. 혹시 행운이 당신을 뒤쫓은 적이 있소? 이 항로를 따라 니신마루호를 뒤쫓았을 때도 이런 날씨였어요."

코르코바도 만은 차이텐 항의 남쪽으로 25마일 정

도 펼쳐져 있다. 바람이 없는 여름철에는 수정처럼 맑아서 밑바닥까지 들여다볼 수 있지만, 겨울철은 태평양의 거센 조류로 인해 위험천만한 뱃길이다.

칠로에 섬의 동부 해안은 그 길이가 대략 40마일에 이르며, 칠로에 섬의 최남단과 구아이테카스 군도의 북쪽 곶은 너비가 30여 마일에 이르는 또 하나의 해협으로 분리되어 있다. 그리고 그 해협을 통해 밀려드는 태평양의 거센 조류는 구아포 섬과 부딪치며 잠시 갈라졌다가 해협 한복판에서 다시 만나고, 무시무시한 소용돌이 형태로 변하여 코르코바도 만까지 나아가는데, 그 과정에서 무수한 세월을 통해 그 높이가 해수면까지 낮아진 코르코바도 설원의 가파른 절벽으로부터 화강암을 깎아낸다.

힘든 항해였다. 체초 씨와 닐센 선장이 번갈아 키를 잡고, 내가 울렁거리는 속을 달래느라 안간힘을 쓰는 동안, 동업자는 조리 기구가 가지런히 정리된 선실 한쪽 구석에서 저녁을 준비했다.

나는 파하로 로코 호가 거의 바다 위를 날았다고 생

각했다. 배 밑바닥이 수면에 닿았던 것은 격노한 엔진의 폭발음과 삐걱거리는 돛대의 끾음과 함께 다시 솟아오르기 위해서였다. 이미 어두워진 오후 5시 30분, 배가 물결이 잠잠한 포구로 들어섰다. 실로 기적 같았다. 거기서부터는 조그만 섬의 남동쪽을 끼고 돌아 천연 선착장으로 다가가더니, 체초 씨가 엔진을 껐고, 동업자가 뭍으로 뛰어내렸다.

항해 중에 한마디도 없던 체초 선장이 처음으로 입을 열었다.

"동포, 재미있었소? 여긴 레푸히오[22]섬의 동쪽이오. 멜리모이우 산맥이 바람을 막아 준다고 섬 이름을 그렇게 부르는 거요. 저 위쪽으로는 지금 펠루체가 불고 있지만, 서쪽으로 12마일 정도는 더 가야 그 위력을 느낄 수 있어요." 그러고는 고개를 돌렸다. "동업자, 오늘 저녁은?"

동업자는 갑작스레 말이 많아진 선주에게 큰 소리로 화답했다.

"추페 데 촐가스요!"

---

22) refugio. 피난처, 은신처라는 뜻.

우리는 갑판 위에 앉아 포식했다. 불그스레한 색깔에 손바닥만한 크기의 홍합으로 만든 푸딩 요리였다. 식사 중에 이번 뱃길의 세세한 이야기가 나오면서 두 사람에 대해 더 알고 싶어졌다. 내가 질문을 하면 단답형으로 대답하는 식으로 단조롭게 진행되던 두 사람과의 대화는 내가 파하로 로코 호의 엔진에 관심을 표하면서 활기를 띠었다.

두 사람은 폭소부터 터뜨렸다.

"선주님, 그 이야기를 꼭 해야 합니까?" 동업자가 운을 떼었다.

"그래. 닐센 선장과 동행하는 분이니, 믿어도 되겠지. 동업자, 그렇다고 과장은 말게. 잡다한 건 넣지 말라고."

"야, 이래서 역시 내 선주님이셔! 자, 예전에 우리 배는 시동이 제멋대로 걸리는 폐병 걸린 모터를 달고 있었지만, 우리도 그 모터를 새것으로 바꿀 만한 처지가 아니었습니다. 그러던 어느 날, 정확히 말하면 어느 날 밤, 불쌍한 자식들을 사랑하는 위대한 하느님이 우리를 '전진 동맹'에 보냈답니다. 혹시 '우니타스'라는 말은 들어봤나요? 그건 양키들과 칠레군이 실시하는 해상 합동 훈련이랍니다. 그런데 폭풍우가 몰아쳤어요. 칠로에 섬 서쪽에 있는 쿠카오 만에서 양키들이 한창 전쟁놀이를 하는데 말입니다. 놀란 양키들은 이 동식 교량과 상륙정 두 척을 놔둔 채 부리나케 달아나더군요. 그 장면을 지켜보던 선주님과 나는 이렇게 중얼거렸지요. '참 자비로운 양키들이군. 우리한테 이렇게 멋진 물건을 선물하다니.' 그 모터가 바로 지금의 모터인데, 우리는 모터를 달면서 세상에는 양키들에게 불평하는 사람들도 있는가 하면 호의를 나쁘게 여기는 사람들도 있다고 생각했답니다."

"하지만 모터가 너무 무거워서 배로 옮기는 게……."

"하느님은 당신의 자식들을 사랑한다고 얘기했잖아요. 우리에겐 피니스테레 호가 있었답니다."

동업자는 이야기를 끝냈고, 냄비와 접시를 개수대로 가져갔다. 나는 갑판에 앉은 채 담배를 태웠다. 차츰 피니스테레 호가 마음에 들기 시작했다.

4

6월 23일, 첫 햇살을 받으며 레푸히오 섬의 천연 선
착장을 벗어나 남쪽으로의 항해를 이어갔다.

바다는 잔잔하고 수정처럼 맑은데, 라디오는 공해
상에 강풍이 불고 있다는 기상 정보를 들려주었다. 모
랄레다 해협 북쪽 어귀로 들어설 때 기온이 영상 2도
안팎이었다. 해협 동쪽으로는 틸로 섬과 막달레나 섬,
서쪽으로는 구아이테카스, 레우카엑, 샤퍼스, 카라오,
필로메나, 우에나우엑, 트란시토, 쿱타나, 멜초르 같
은 섬들, 그리고 우리를 태운 파하로 로코 호가 지나
갈 때 물끄러미 바라다보는 물개나 바닷새들이 서식
하는 수백 개의 이름 없는 무인도들이 보였다.

"우리는 지난 6월 7일에 이곳을 통과했어요." 닐센 선장이 입을 열었다. "그날 니신마루 호의 주파수로 들어보니, 그들이 지척에 있다는 계산이 나오더라고요. 기껏해야 섬 몇 개 정도랄까. 일본인들은 해안으로부터 대략 1백 마일 거리에서 항해 중이었는데, 시간은 우리 편이었어요. 그들이 페나스 만에 들어가 고래 떼의 은신처를 찾으려면 서쪽으로 돈 다음에 타이타오 반도를 에워싸고 있는 모래톱을 피해 남쪽으로 가는 반면, 이제 곧 보게 되겠지만, 지름길을 알고 있는 우리는 메시에 해협 북쪽 입구에서 피니스테레 호로 그들의 항로를 가로막기로 했어요. 그런데 다니후지는 우리의 예상보다 훨씬 더 많은 정보를 가지고 있었어요. 굶주린 데다 교활한 여우처럼. 그러면 이 이야기는 다시 확인하기로 하고, 기왕 여기까지 오셨으니 이 여정과는 상관없는 재미있는 걸 하나 보여드리리다.

저기 좌현으로 보이는 푸른 점이 멜초르 섬 북쪽 해안으로, 저 섬은 폭과 수심이 몇 미터밖에 안 되는 한 이름 없는 해협에 의해 빅토리아 섬과 분리되어 있어요. 그 이름 없는 해협은 서쪽으로 켄트 섬과 드링 섬 앞의 만으로 이어지다 보니, 옛날에는 해적들에게 적당한 은신처가 되어주었고요. 물론 내 부친도 그 해협을 항해했는데, 오늘날의 해도에 수심이 표시되어 있는 건 그 양반 덕분이라오. 그런데 정작 우리가 주목할 것은 유령선 '칼레우체 호'의 전설이 거기서 시작되었을 가능성이 매우 높다는 거요. 본래 이름은 '카카푸에고 호'였지만."

"카카푸에고? 처음 듣는 이름이군요."

"그럴 거요. 그 배의 첫 선장은 알론소 데 멘데스로, 3주를 못 버텼어요. 두 번째 선장 프랜시스 드레이크의 지시로 돛대에 매달려 죽었으니까."

"코르사리오?"

"그래요, 그자가 프랜시스 드레이크 경이라오. 1577년에 프랜시스 드레이크는 7척의 범선을 이끌고 마젤란 해협을 항해했어요. 그 항해에서 살아남은 배는 단 한 척 '골든 하인드 호'로, 그 배를 타고 칠레와

페루의 여러 도시를 약탈하면서 북쪽으로 향하던 드레이크는 카야오에서 신대륙의 조선소에서 건조된 카카푸에고 호라는 배를 우연히 발견하게 되었어요. 방어용으론 형편없지만, 화물용으론 놀라운 카카푸에고 호를 발견한 것은 엄청난 행운이었어요. 게다가 카카푸에고 호에는 엄청난 금과 은이 실려 있었는데, 드레이크는 그것들을 골든 하인드 호에 옮겨 실을 수는 없었고, 그렇다고 에스파냐 깃발이 달린 배를 수장시킬 수도 없는 노릇이었어요.

해적 드레이크는 딜레마에 빠졌어요. 걸림돌이나 다름없는 카카푸에고 호를 끌고 다니면서 새로운 전리품, 무엇보다 금과 은을 옮겨 실을 배 두 척을 구하러 북쪽으로 떠날 것인가, 아니면 절대적으로 신임하는 부하에게 그 배를 맡기고 다녀올 것인가. 드레이크는 고민 끝에 후자를 택했고, 윌리엄스 오배리를 카카푸에고 호 선장으로 임명했어요. 오배리는 이미 한자동맹국이 현상금을 내걸었던 아일랜드 출신의 악명 높은 인물이었음에도 불구하고 말이오.

같은 해 겨울. 에스파냐 함대가 남쪽으로부터 오지 않는다는 사실을 알고 있던 드레이크는 구아야스 강 하구를 항해 중이던 에스파냐 선박들을 약탈하기 위해 전속력으로 내달렸어요. 오배리에게는 드레이크의 귀환을 기다리는 부하 30명과 카카푸에고 호의 지휘권이 쥐어졌고요.

당시 해적들을 반란으로 이끄는 요인은 굶주림과 황금 두 가지밖에 없었어요. 지나치게 굶주렸거나 차지할 황금이 너무나 많았거나. 황금에 혹한 오배리는 그해 7월 카카푸에고 호에 넘치도록 짐을 싣고서 남쪽을 향해 닻을 올렸어요. 그리고 3개월 후인 10월에 2천5백 마일을 이동했는데, 레무 섬 앞, 그러니까 지금 우리가 있는 곳 부근에서 강력한 폭풍우를 만났어요.

짐을 과도하게 적재한 배로 공해상에서 악천후를 헤쳐 나가는 게 도저히 불가능해지자, 오배리는 멜초르 섬, 빅토리아 섬, 드링 섬이 형성하는 만에서 피신처를 찾았어요. 하지만, 애초에 그런 짓을 하지 말았어야 했어요. 악천후가 지나가나 싶었는데, 이번에는 에스파냐의 무장선 3척이 출구를 가로막고 있었어요. 마젤란 해협에 너무 늦게 도달한 게 화근이었지요. 게다가 카카푸에고 호에 장착된 무기라곤 포 2문에 부하들의 화승총이 전부인 데 반해, 상대는 무장을 하고 있는 함선이었어요. 그 상황에서 해적들은 자신들을 기다리는 게 올가미라는 것을 잘 알았지요. 오배리는 돌연 약탈품으로 자비를 구하겠다는 환상에 빠졌지만, 오배리의 부하들은 그의 비겁함을 용서하지 않았고, 그전에 멘데스 선장이 최후를 맞이했던 바로 그 돛대에 오배리의 목을 매달았어요.

그런데 에스파냐 함대가 카카푸에고 호의 탈출 행각을 전혀 눈치 채지 못한 건 밤이 되면서 만 주위에 드리워진 해무 때문이었어요.

해적들은 만의 남쪽으로 5마일을 항해했어요. 빅토리아 섬과 드링 섬을 갈라놓은 바다, 오늘날 다윈 해협으로 알려진 해협을 빠져나갔을 그 해적들은 기막힌 항해가였고, 특히 그들의 조타수는 항해를 자신의 손바닥 들여다보듯 하는 인물이었을 거요. 며칠에 걸쳐 그 일대를 뒤덮은 짙은 해무가 아니고선 에스파냐 함대가 남쪽에서, 그러니까 영국의 해도 제작자들이 활자 '에녜 ñ'를 '에네 n'로 바꾸기 전에 불렸던 '페냐스 Peñas' 만 어귀까지 90마일 떨어진 은신처에서 해적들을 발견하는 데 나흘이나 걸린 이유를 달리 설명할 수 없을 테니까.

에스파냐인들은 페나스 만에서 해적들을 공격할 수 있었지만, 해적들이 배를 수장시킬 수도 있다는 우려에 주저했어요. 그리고 선장인 오배리의 목을 매달면서 투항하는 것을 제외하면 무슨 짓이라도 결행할 수 있다고 작정한 해적들이 메시에 해협으로 들어가는 것도 용인했는데, 사실은 그 해협에 대해 무지했거든요. 지구의 남단에 대해 그랬던 것처럼 그 일대 해협에 무관심했으니, 어쩌면 그들이 그곳의 섬들에 살았다는 괴물이나 악몽 같은 존재를 상상하면서 벌벌 떨었을지 누가 알겠소? 실제로 에스파냐인들이 그 지역에 관심을 보였던 적은 딱 한 번, 그러니까 당시 입으

로 전해지던 '카이사르 군대가 잃어버린 전설의 도시'
에 흥미를 느낀 프란시스코 데 톨레도가 지금까지도
미스터리로 남아 있는 '트라파난다 정복'을 지시한 게
유일한 경우였어요. 아무튼 에스파냐 함대는 해적들
이 메시에 해협으로 들어가는 것을 허용했지만, 굶주
림과 체념이 그들을 공해상으로 나오게 만들 때까지
기다렸어요.

에스파냐인들은 해적들을 다시 놓치지 않으려고 3
척의 배를 분산시켜 감시했어요. 한 척은 페냐스 만에
남아 해협의 북쪽 출구에, 다른 한 척은 1백 마일 떨
어진 곳에 위치한 딘리 해협의 출구에, 나머지 한 척
은 마드레 데 디오스 섬과 살바시온 만 사이에.

그것은 충분히 숙고한 책략이었어요. 언젠가는 해
적들이 그 해협을 빠져나올 것이고, 설사 그들이 마젤
란 해협까지의 5백 마일을 용케 빠져나간다 해도 살
바시온 만에 배치된 배가 봉쇄할 수 있었으니까요.

에스파냐인들의 기다림은 14개월로 늘어났지만,
카카푸에고 호로부터 구원의 신호는 없었어요. 기다

리다 못해 에스파냐인들은 함선 4척을 더 동원해서 탐색에 나섰어요. 하지만 해적들을 발견하지 못했어요. 카카푸에고 호가 공해상으로 빠져나가는 걸 보았다는 사람도 없었어요. 그때부터 오나, 야간, 알라칼루페 사람들 입에서 훗날 전설로 남은 수백 가지 이야기가 흘러나왔어요. 금발의 선원들이 배를 가볍게 하려고 섬에 황금을 숨겨 두었다느니, 선원들이 창고를 비웠다가 돌아오면서 다시 채웠다느니. 한편 돛대가 찢긴 배 한 척을 보았다고, 안개 낀 날에 자유를 찾아 공해상으로 나가게 해달라고 호소하는 선원들의 울음소리가 들렸다고 확언하는 섬사람들도 많았어요.

나는 차이텐 항에 사는 바스코 출신의 에스나올라 노인 같은 뱃사람들도 알고 있는데, 그 사람들은 해적 오배리의 저주를 풀어주거나, 그 해협에 갇혀 죽은 불쌍한 유령들의 원혼을 달래기 위해 아직도 마스트에 깃발을 꽂고서 바다로 나가고 있어요.

어쩌면 카카푸에고 호가 칼레우체 호일지도. 하긴 그게 아니더라도 무슨 상관이오? 이 일대의 바다를 떠다니는 유령선이 어디 한두 척이어야 말이지."

날이 어두워지고 있었다. 그사이 우리는 케마다 섬의 북쪽에 위치한 메디오 해협을 지나기 위해 빅토리아 섬의 동쪽으로 항로를 바꿨고, 거기서 아이센 협만으로 들어섰다.

아이센 협만에서 대륙 안쪽으로 40마일을 더 가면 차카부코 항이고, 이어서 파타고니아의 주도이자 목축 도시인 아이센과 코이아이케가 나오는데, 파하로 로코 호가 닻을 내린 곳은 협만 어귀에 위치한 칼레타 오스쿠라였다.

동업자는 걸쭉한 해물탕 요리로 항해에 지친 우리의 몸을 회복시켜 주었다. 식사가 끝나자, 닐센 선장은 피니스테레 호가 있는 곳까지 얼마 남지 않았다며 입을 열었다.

"대략 몇 시간 남짓 걸릴 거요. 참, 잊고 있었던 질문이 하나 있는데, 말은 탈 줄 아시오?"

"네, 하지만 경기병만큼은 아닙니다."

"상관없어요. 벼랑길을 70킬로미터 정도 달릴 텐

데, 그렇다고 놀라진 마시오. 우리 몸뚱이에서 혹사당
해도 금방 잊어버리는 부위가 궁둥이이니까."

5

6월 24일 오전 5시. 우리를 태운 파하로 로코 호는 칼레타 오스쿠라를 뒤로하고 남쪽으로 코스타 해협에 들어섰다.

코스타 해협에서는 거의 직선으로 항해했다. 그 폭이 1마일에 가까워 키를 움직이지 않아도 될 정도였다. 서쪽으로 트라이겐 섬이, 동쪽으로 허드슨 산맥의 설산 봉우리들이 눈에 들어왔다.

배는 남쪽으로 30마일을 더 이동했고, 심슨 섬을 기점으로 동쪽에 있는 엘레판테스 협만으로 들어갔다. 협만의 동쪽 해안은 바람에 묵묵히 깎여온, 해발 4천 미터의 산 발렌틴 산맥을 이루는 장엄한 설산들과 경계를 이루고 있었다. 우리는 협만의 한가운데 지점에서 거무스름한 색깔의 몸통에 은색 줄이 그어진 아름다운 동물 수십 마리가 물살을 가르는 장면을 보았다.

천성적으로 오랜 친구에게 인사를 건네는 돌고래들은 파하로 로코 호로 다가왔고, 물고기를 던져주는 동업자에게 우스꽝스러운 도약으로 고마움을 표했다. 몸통이 2미터에 달하는 밤의 은빛 화살이 허공에 멈추었다가 물속으로 가라앉고 떠오르기를 반복하면서 우리에게 호박색 이가 드러나는 조그만 입으로 해독할 수 없는 무언가를 이야기하고 있었다.

체초 선장은 시스켈란 반도 앞에서 푸르고 가파른 서쪽 해안으로 배를 더 가까이 붙였다. 이제 남쪽으로 몇 마일 더 가다 보면 산 라파엘 석호를 촘촘히 에워싼 설원의 빙벽을 보게 될 참이었다.

그 일대의 공기가 우리에게 엘레판테스 협만의 최남단에서 시작되는, 이른바 60만 헥타르에 이르는 만년빙의 존재를 예고했다. 불과 한 세기 전만 해도 그곳은 초노, 알라칼루페, 오나, 칠로에 사람들이 바다에서 잡은 고래를 처리하고, 가죽을 교환하고, 물개나 바다코끼리를 사냥하고, 케케묵은 삶과 죽음을 정리하기 위해 모여들었으며, 바다의 신들도 처녀를 잉태시키기 위해, 젊은이들의 뇌를 행복과 쾌락으로 채워주기 위해 찾아들었다.

언젠가 한 영국인이 그곳을 지나갔지만, 아무것도 이해하지 못하고 이렇게 썼다. '삶보다는 죽음이 절대적으로 지배하는 것처럼 보이는 우울한 고독들'이라고. 아무것도 이해하지 못했기에 영국인 신사답게 스스로를 속였던 그는 찰스 다윈이었다.

"지금 우리가 보고 있는 건 정상이 아니라오." 닐센 선장이 돌고래 떼를 가리켰다. "공해상으로 나온 돌고래들은 '십자군'으로 협만에 몸을 숨기고 있지만, 우호적인 천성을 포기하지 않은 건데, 어쩌면 우리가 적이 아니라는 걸 감지했는지도. 나는 가끔 돌고래들이 우리 인간보다 훨씬 더 예민하고, 더 지혜롭다고 생각해요. 이놈들은 계급 제도를 받아들이지 않는 유일한 동물이자, 바다의 무정부주의자들이거든요."

돌고래 떼는 배가 뭍에 다다를 때까지 도약을 멈추지 않았다. 나는 그들의 우호적인 천성이 자기보호 본능보다 강할 수 있다는 생각이 들었다.

파하로 로코 호는 평평한 바윗돌로 형성된 천연 선착장에 도착했다. 나는 돌고래들의 우정어린 동행을 지켜보느라 선착장에서 두꺼운 카스티야 산 판초를 둘러쓴 채 우리를 기다리던 사내를 발견하지 못했다. 페드로 치코. 결과적으로 그 사내를 어렵지 않게 알아볼 수 있었던 이유는 거구이기 때문이었다.

나는 인사를 하러 닐센 선장에게 다가가는 그의 모습에서 내 짐작을 확인했다.

"편지에 쓴 사람이 바로 이분인가요?" 그가 먼저 물었다.

닐센 선장의 소개로 인사가 끝나자, 그는 나에게 거침없이 손을 내밀었다.

우리 모두는 김과 미역과 다시마가 들어간 해물 스튜 요리로 기력을 되찾았고, 서로 작별 인사를 나누었다. 나로서는 체초 선장과 거친 파도와 바람을 무시한 채 묵묵히 식사를 준비하던 '동업자'가, 어쩌면 그것들을 조미료로 가미했을 그의 요리가 못내 그리워질 거라는 생각이 들었다.

채초 선장과 그의 동업자가 함께하는 파하로 로코호가 북쪽으로 떠났다.

페드로 치코가 준비한 말은 세 필이었다. 털이 길고 허연 입김을 내뿜는 짐승들이 안장을 기꺼이 내주지는 않았다. 우리는 판초를 둘러쓰고 신발에 둔탁한 박차를 단 뒤에 놈들의 등에 올라탔다.

활짝 갠 하늘이었다. 덕분에 파노라마처럼 펼쳐진 낮은 산맥과 담수호와 개울과 숲 그리고 어쩌면 카카푸에고 호의 보물들을 발견할지도 모르는 동굴들을 구경하는 기쁨을 누렸다. 곧 밤이 찾아왔다. 타이타오 반도를 가르는 빙벽, 산 발렌틴의 만년설과 빙하에 반사되어 무수하게 배가되는 별들이 가득한 밤하늘 아래, 우리는 여전히 말을 몰고 있었다.

타이타오 반도는 태평양에서 80마일 정도 들어와 있다. 반도의 남서쪽 끝부분은 가는 띠 모양으로 좁아지는데, 지도에서 그 형태는 마치 대륙을 향해 입바람을 불어서 푸른 공기 방울 같은 트레스 몬테스 반도와 조그만 공기 방울들 같은 크로스렛 군도를 만들어놓은 것처럼 보인다.

섭씨 영하 2도였다. 그러나 투명한 밤하늘 아래, 바람에 번들번들해지고 뾰족하게 날이 선 산 킨틴의 만년설이 우리에게 반도의 반대편으로 세상 끝의 영토가 시작된다고, 그곳에서 인간은 변화무쌍한 대자연에 맞서는 고집스러운 의지를 가진 존재에 불과하다고 말해주고 있었다. 우리는 말의 고삐를 당기거나 풀면서 길을 재촉했다. 카스티야 판초가 품어주는 열을 빼앗기지 않기 위해서인지 아무도 멈출 생각이 없어 보였다. 새벽녘에 페드로 치코가 지칠대로 지친 짐승들에게 휴식의 권리를 강요할 때까지는.

말들이 하얀 서릿발에 얼어붙은 풀을 뜯는 사이에 페드로 치코가 아침을 준비했다. 샐러드와 빵과 육포 그리고 마테 차가 곁들여진 마부들의 음식이 그 여정에서 나에게는 더없는 영광의 맛이었다.

6월 25일 오전 11시, 우리 눈앞으로 거울 같은 해수면이 펼쳐졌다. 남쪽으로 타이타오 반도에 딸린 부속 반도와 포렐리우스 반도에 에워싸인 산 킨틴 만이었다.

그곳에는 두 사람이 말을 탄 채 우리를 기다리고 있었다. 노련하게 말을 다루는 그들은 닐센 선장의 친구인 에스나올라 형제로, 여전히 유령선의 선원들이 저주에서 벗어나길 고대하는 바스코 출신 항해가의 자제들이자, 우리가 타고 있는 늙고 지친 짐승들의 주인이었다.

에스나올라 형제는 일단 우리와 목적지까지 동행했다가, 거기에서 짐승들을 데리고 그들의 목장 '라 비엔 케리다'로 돌아갈 예정이었다. 아르헨티나와의 접경 지역의 코츠라네 호숫가에 있는 그들의 목장까지는 만년설과 산맥을 통과하는 무려 250킬로미터에 이르는 먼 거리였다

우리는 입을 꾹 다문 에스나올라 형제와 함께 몇 킬로미터를 더 달렸다. 산 에스테반 만. 거기, 출렁이는

물결 위로 범선 한 척이 흔들리고 있었다. 저 바닷길을 간절하게 재촉하듯.

6

피니스테레 호는 선체를 이루는 라인이 섬세했다. 상상했던 삼각돛 하나와 부등변 사각 돛 여러 개로 구성된 영국식 범선이 아니라, 오르내리는 활대와 버팀줄에 붙은 보조 삼각돛을 결합한 돛이 하나인 범선이었다.

선체는 푸른색이었다. 목판들 사이의 이음새는 꼼꼼한 손길로 코킹을 한 덕분에 보푸라기 하나 없고, 투명한 수면에 드러나는 용골(龍骨) 역시 말끔했다.

나는 닐센 선장의 초대로 피니스테레 호에 승선했다.

전장 12미터에 너비 4미터. 전체적으로 기념비적인 절제를 보여주었다. 키는 선미에서 한 걸음 반 정도의 거리에 있지만, 조타실은 따로 없었다. 한쪽에는 반들반들하게 닦인 청동 나침반 받침대가 파수꾼인 양 서 있고, 악천후에 조타수가 발을 딛는 위치를 가리키는 황마 고리 두 개가 갑판에 단단히 고정되어 있었다.

선미에는 짧은 노를 갖춘 4인용 모터가 매달려 있고, 뱃머리에서 2미터 정도 뒤로는 피니스테레 호의 선실 내부로 안내하는 슬라이딩 해치가 있었다.

선실의 하부돛대는 잘 닦여 번들번들했다. 선수 쪽으로 어구와 장비가, 한가운데에는 이층침대 2개와 테이블이, 한쪽 옆으로 무전기가, 후미 쪽으로 모터와 배수펌프, 연료 드럼통 2개, 고무 패킹이 달린 금속관을 통해 방향타와 연결되는 체인이 배치되어 있었다.

우리는 에스나올라 형제와 작별 인사를 나누었다. 곧바로 페드로 치코가 장대를 이용하여 해변으로부터 피니스테레 호를 떼어놓았다. 이어서 보조 돛을 펼치자, 배는 서서히 미끄러지기 시작했다. 우리는 그렇게 남쪽으로, 남쪽으로 수 마일을 나아갔고, 페나스 만으로 들어서자 닐센 선장은 부등변사각 돛을 펼쳤다.

"자, 키를 잡으시오. 겁먹지 마시고. 이제 곧 미스터리가 풀릴 텐데, 그전에 해도에서 몇 군데 지점을 익히면 모든 게 보자마자 이해될 거요. 페드로 치코는 아까 그 동업자만큼 좋은 요리사는 아니지만, 가자미 석쇠 구이는 최고요. 혹시 소금 뿌린 가자미를 드셔본 적 있소? 자, 그럼 맛있는 게 준비될 동안, 내 얘기에 귀를 기울이도록 하시오.

여기, 좌현에 얼룩이 보이나요? 하비에르 섬이오. 이 섬 뒤로 칩 해협과 대륙 쪽으로 20마일 정도 들어간 일련의 협만이 있어요. 지난 6월 8일 아침, 우리는 남서쪽에서 시속 40노트가 넘는 폭풍을 만나자 페나스 만 한복판을 전속력으로 가로질러 메시에 해협의 북쪽 입구로 들어가려던 계획을 철회했어요. 본래는 바이런 섬과 후안 스투벤 섬을 갈라놓으며 공해상으로 연결되는 델 수로에스테 해협에 숨어 있다가 그곳에서 일본인들의 진로를 막는 게 수월할 거라고 예상했지만, 그 저주스러운 바람이 시간이 흐를수록 강해지니, 우리로선 별수 없이 칩 해협으로 대피해야 했던 거요.

　한편 정오가 가까워지면서 만의 파고가 3미터를 넘더군요. 그러자 그 일대 해역을 만만하게 여겼던 다니후지 선장 역시 사나운 파도와 폭풍을 더 견디지 못하고 대피처를 찾았는데, 그래서 먼저 대피한 우리는 칩해협 남쪽 입구로 들어서는 니신마루 호를 바라볼 수 있었어요.

　양측의 거리는 불과 반 마일 정도였어요. 하지만 우리가 니신마루 호의 윤곽 전체를 식별할 수 있었던 데 반해, 다니후지는 우리를 제대로 못 본 모양이었어요. 날이 어두워지면서 일본인들이 푼타 아레나스의 항만 관리소 주파수를 통해 우리를 호출하더니, 조악한 에스파냐어로 위급 상황이 아니냐고 물었던 것으로 봐선. 우리는 아니라고, 조개를 채취하러 나왔다가 기상 악화로 대피 중이라고 응답했고요. 그렇게 한참이 지났는데, 이번에는 해군 함정에서 우리가 작전 지역에 있으니, 북쪽으로 이동하라고 지시하더군요. 우리는 일단 그러겠다고 응답은 했지만, 정박 중인 니신마루 호의 불빛을 주시하며 그날 밤을 보냈지요.

날이 밝아 오면서 폭풍의 강도가 한풀 꺾였지만, 남쪽에서 불어닥치는 그 기세가 여전한 게 메시에 해협이 우리에게 증오의 눈초리를 연방 쏘아대는 것 같더군요. 우리는 거기를 빠져나오려고 하비에르 섬 북쪽 연안을 따라 이동했고, 거센 파도를 거의 측면으로 맞으며 페나스 만의 서쪽에 이르렀는데, 때마침 태평양에서 불어오는 순풍을 만난 것은 푼타 아니타를 지나서였어요. 그리고 그때부터 우리는 서쪽에서 북동쪽으로 부는 그 바람을 등지고서 만을 대각선으로 가로지르며 전속력으로 내달렸고, 방향타가 거의 부러질 만큼 빠르게 물살을 가른 덕분에 니신마루 호보다 몇 마일 정도는 앞설 수 있었어요. 그러나 기상이 문제였어요. 메시에 해협 앞을, 그러니까 북쪽 입구를 30마일 정도 남겨둔 지점을 지날 때, 그 저주스런 바람이 우리를 보카 데 카날레스 쪽으로 사정없이 밀어내더군요. 거긴 안쪽으로 1백 마일까지 들어가면 나오는, 짧고 좁은 해협들이 서로 연결되어 이루어진 미로 같은 협

만들의 입구로 극소수의 사람들만 알고 있으며, 내 부친도 그 중 한 사람이었고, 페드로 치코는 눈을 감고도 다닐 수 있어요. 여하튼 나로서는 메시에 해협의 보카 노르테로부터 20마일 들어간 지점에 배를 정박시키고 바람이 잦아들 때까지 머물 수밖에 없었어요.

우리가 해협 한복판을 지나가는 니신마루 호를 다시 본 것도 그 지점이었어요. 그들은 해협을 따라 전속력으로 이동 중이었는데, 우리는 경합을 벌일 만한 처지가 아니었기에 그들이 라레나스 반도와 경계를 이루는 지점에 이를 때까지 쭉 지켜보기만 했어요.

다니후지는 자신의 목적지와 항로를 꿰뚫고 있는 것 같더군요. 니신마루 호가 메시에 해협 남쪽으로 15마일, 이어 스웨트 해협을 따라 남서쪽으로 35마일을 이동하는 것으로 봐서, 그들은 베이커 해협으로 들어갈 모양이었어요. 거기서 직선으로 내달려 동쪽으로 20마일을 더 가면, 대륙과 비데나우, 알베르토, 메리노 하르파 같은 섬들이 에워싸고 있는, 50군데가 넘는 협만이 있어 참거두고래들의 은신처로 적당한 그란 엔세나다 신 놈브레[23]만이 나오거든요.

우리는 돛을 접고, 모터로 보카 데 카날레스로 향했어요.

첫 구간은 어렵지 않았어요. 40마일까지는 굴곡이 심한 항로와 암초를 피해 거침없이 나아갔으니까. 하지만 해초 더미가 스크루에 끼면서 가뜩이나 더딘 항해를 방해하다 보니 우리는 날이 어두워져서야 알베르토 섬과 메리노 하르파 섬을 갈라놓는 트로야 해협 입구로 들어섰고, 그란 엔세나다 신 놈브레 만에 떠 있는 니신마루 호를 다시 만날 수 있었어요.

빛이 거의 없었지만, 다니후지 선장의 고래 포획 스타일을 아는 데는 충분했어요. 혹시, 호주에서 야생마를 어떻게 사냥하는 줄 아시오? 그건 아주 간단해요. 사냥꾼들은 헬기를 동원해서 짐승 떼가 모여 있는 곳을 수색한 다음, 밤이 되길 기다렸다가 강렬한 서치라이트를 집중시키고선 공포에 사로잡힌 채 멀리 도망도 못 가고 제자리에서 원을 그리는 짐승들을 향해 기관총을 난사하는 거요.

---

23) Gran Ensenada Sin Nombre. '이름 없는 위대한 만'이라는 뜻.

코르코바도에서 다니후지가 헬기를 기다렸던 건 그런 이유였어요. 실제로 그란 엔세나다 신 놈브레 만에서 강렬한 서치라이트 불빛을 보고 호기심으로 몰려든 고래들에게 무자비한 총탄 세례를 퍼부었고요.

날이 샜지만, 그때까지도 일본인들은 죽은 고래들을 갑판 위로 끌어올렸어요. 우리 두 사람이 눈으로 확인한 것만 20여 마리였는데, 밤새 휴식 없이 작업했으니, 그자들이 얼마나 많은 고래를 죽였는지는 상상조차 못 할 거요. 주변의 바다가 시뻘건 핏물로 바뀌고, 짐승들의 가죽과 살점이 둥둥 떠다니고 있었으니까.

내가 비로소 긴 여정의 마지막에 도달했음을 느낀 건 바로 그 순간이었소. 그들의 불경한 짓거리를 두고 볼 수만은 없었어요. 나는 페드로 치코를 하선시키고 피니스테레 호와 함께 니신마루 호의 기관실을 향해 돌진하기로 마음먹었어요. 배에 실린 휘발유 5백 리터로 니신마루 호를 해치우기엔 충분했어요. 한데 내 의중을 눈치챈 페드로 치코가 이상한 말을 꺼내며 또 나서더군요. '안 됩니다, 선주님. 이 바다만큼은 제가 더 잘 알 겁니다.' 그러더니 보트를 내리더군요.

나는 니신마루 호를 향해 노를 젓는 페드로 치코를 지켜보았어요. 니신마루 호에 가까워지자 선원들이 쓰레기며, 깡통이며, 폐기물을 내던지더군요. 페드로 치코도 물러서지 않고 그것들을 되돌려 주었고요. 무모한 반발이었지만 지지 않았어요. 그들이 낄낄거리며 고무호스로 물세례를 퍼붓는데도 페드로 치코는 보트의 균형을 유지하며 가까스로 버렸어요.

나는 몰랐어요. 페드로 치코가 일본인들의 오줌 세례까지 받으면서도 니신마루 호에서 떨어지지 않는 이유를. 그 뒤에 벌어졌던 일은, 당신도 내일 알게 되겠지만, 지금 얘기하지 않으면 바보 같은 짓일 거요.

결정적인 순간은 지독한 물세례에 고무호스 두 개가 가세하자, 더는 버티지 못한 보트가 뒤집히기 직전이었어요. 보트 옆으로 참거두고래의 검은 등이 떠오르면서 보트와 페드로 치코를 해상 가공선으로부터 멀리 옮겨다 놓더군요. 동시에 바다에서 그 누구도 들어보지 못한 부름의 소리가, 고막을 찢는 날카로운 소리가 나면서 30마리, 50마리, 아니 수백 마리의 고래들과 돌고래들이 해안으로 몰려가는가 싶더니, 갑자기 방향을 바꿔 니신마루 호를 향해 돌진하기 시작했어요.

그 포유류들은 돌진할 때마다 머리가 터져 죽는데도 아랑곳하지 않았어요. 해안으로 밀려나는 니신마루 호가 좌초되더라도 멈추지 않을 기세였어요. 그러면서 배를 암초 지대 근처까지 밀어냈어요. 니신마루 호는 이미 패닉 상태였고요. 당황한 선원 일부는 구명보트를 내렸으나 물에 닿자마자 고래들의 꼬리에 박살이 났어요. 바다로 떨어지는 선원들도 있었어요. 갑판 한쪽에서 화재라는 외침이 들리고, 갑판 후미에 있던 헬기가 불에 탔어요. 그러자 다니후지 선장이 전속력으로 거길 빠져나가라고 남은 선원들을 독려하더군요. 이미 죽은 선원들도, 운 좋게 바다에서 허우적거리는 선원들도 다 내버려 둔 채.

이 모든 걸 믿을 수 있겠소? 절대 못 믿을 테지만,

내일은 그 싸움이 남긴 흔적들을 두 눈으로 확인하게 될 거요. 미리 말하는데, 그 이야기가 믿기 힘들다면, 니신마루 호가 좌초하기 직전에서야 고래들이 니신마루 호가 떠나도록 내버려 두었다는 이야기도, 페드로 치코가 타고 있던 보트를 어디 한 곳 긁히지 않게 피니스테레 호까지 밀어다 놓았다는 이야기도 믿기 힘들 거요.

자, 이제 키는 내가 잡겠소. 자신의 솜씨가 과히 나쁘지 않다는 거, 알고 있나요? 당신은 키를 손으로 잡지 않고 느끼고 있던데, 좋은 조타수의 비결이 바로 그거요. 그건 그렇고, 페드로 치코가 가자미 요리를 준비한 모양이오."

7

그날 밤, 베이커 해협 어귀에 닻을 내린 피니스테레 호에서 나는 잠을 청할 수가 없었다. 살면서 내가 읽었던 모든 바다의 이야기가 닐센 선장의 이야기와 뒤섞인 채 머릿속을 맴돌았다.

나는 옷을 단단히 챙겨 입고 갑판 위로 올라갔다. 변덕스러운 남극의 겨울 날씨가 나에게 완벽한 밤을 제공했다. 무수한 별들이 손을 뻗으면 닿을 것 같고, 지구의 극점을 가리키는 남십자성이 내 가슴에 감동과 힘과 미지에 대한 확신을 채워 주었다. 마침내 나는 나 역시 어딘가의 일부였음을 느꼈다. 마침내 나는 종족의 초대보다 더 강한 부름을, 누군가가 듣거나 들고 있다고 믿는 부름을, 혹은 고독의 완화제로 발명된 부름을 느꼈다. 거기, 고요하지만 절대 평온하지 않은 바다에서, 남극과의 포옹을 위해 준비한 몸을 긴장하게 만드는 야생의 세계에서, 인간이 허망하고 나약한 존재임을 증언하는 무수한 별 아래에서, 마침내 나는 내가 거기서 났고, 비록 부족하지만 내가 모든 기적과 모든 재앙의 선구자인 끔찍하고 폭력적인 그 평화의 요소들을 지니게 되리라는 것을 깨달았다.

그날 밤, 나는 피니스테레 호의 갑판에 털썩 주저앉은 채 하염없이 울었다. 고래들 때문이 아니었다.

나는 다시 찾은 고국 때문에 울고 있었다.

6월 26일, 구름 없는 아침에 가히 폭력적인 날씨였다. 영하 8도.

그란 엔세나다 신 놈브레의 바다는 잔잔했다. 피니스테레 호는 살짝 펼친 보조 돛으로 항해를 시작했다.

페드로 치코가 내 어깨를 흔들어대더니, 손가락으로 우현에서 떠오르는 거대한 물체를 가리켰다. 세상에 태어나서 수면 위로 도약하는 참거두고래를 직접

본 것은 그때가 처음이었다.

이 포유동물은 거의 6미터나 되는 몸뚱이를 허공에 정지시켰다가 물속으로 잠수했고, 몇 분 후에 다시 나타나 좌현에서 멋진 묘기를 연출했다. 그러고는 닐센 선장이 얘기했던 전쟁터에 도착할 때까지 우리를 호위했다.

사고 해역에는 아직도 길이가 수 미터인 고래의 시커먼 가죽 조각들이 떠다니고 있었는데, 물고기들이 게걸스럽게 해치웠을 그 형태가 흡사 수면 위로 떠오른 난파선의 잔해 같았다.

알베르토 섬 해안에는 수천 마리의 바닷새들과 파타고니아의 팜파 지대 맹금류들이 뒤섞인 채 대학살의 잔해를 처리 중이었다. 그 형태가 선명하게 드러나는 죽은 고래들의 뼈 중에는 어미 고래와 새끼 고래 외에도 돌고래나 니신마루 호의 불행한 승무원들의 뼈도 섞여 있을 것이었다.

나는 사진기를 떠올렸다. 내가 몇 컷 찍어도 되겠냐고 물어보자, 닐센 선장은 지친 음성으로 대답했다.

"그건 당신이 결정할 일이오."

페드로 치코가 나를 쳐다보고 있었다. 나는 그와 눈길이 부딪치는 순간에 그 거구의 눈이 새파랗다는 것을 처음으로 알았고, 그가 잔해로 뒤덮인 바다로 눈을 돌릴 때 그의 표정에 드리운 끝없는 고통을 보았다. 나는 사진을 포기했다.

"페드로 씨, 고래들이 왜 당신을 도왔는지, 고래들이 왜 자신들을 방어하지 않았는지 설명할 수 있겠습니까?"

"선주님을 통해 내가 알라칼루페 족 출신임을 알았을 거요. 나는 바다에서 태어났고, 바다에는 설명할 수 없는 일들이 있다는 걸 알고 있어요. 그게 다예요. 거의 남아 있지 않은 내 동족들은 고래들이 자신을 지킬 줄 모르지만 남에게는 동정을 베푸는 유일한 동물임을 알고 있었어요. 그래서 내가 포경선을 향해 노를 저을 때, 나는 선원들이 나를 공격할 것이고, 무방비 상태인 나를 본 어른 고래의 울음소리를 신호로 고래들이 나를 지켜주리라는 것을 알고 있었어요. 실제로 그랬고요. 고래들이 나를 동정했던 거요."

"살아남은 고래들은 어떻게 될까요?"

"다들 떠날 거요. 우리를 호위했던 참거두고래는 수놈으로 선발대인 셈인데, 고래들은 이제 다른 크고 작은 만이나 협만을 찾아 남쪽으로, 더 남쪽으로 떠나겠지요. 이 세상이 끝날 때까지." 그는 그 말을 끝으로 키를 움직이기 시작했다.

"자, 모든 걸 지켜보았을 터이니, 이젠 당신이 원하는 걸 쓰도록 하시오." 닐센 선장이 덧붙였다. "한 가지, 피니스테레 호를 빠트리진 마시고. 모험의 맛을 아는 배들은 잉크의 바다를 연모하고, 종이 위를 항해하고 싶어 하니까."

에필로그

7월 6일, 우리는 함부르크로 돌아가고 있었다. 내가 '우리'라고 표현한 것은 사리타가 동행했기 때문이다.

그녀는 한쪽 다리에 깁스를 하고 복부에 압박 붕대를 감은 채 불편한 여행을 감수하면서도 내가 해협에서 보았던 것을 이야기해 달라며 쉴 새 없이 졸라댔다.

사고 해역을 떠나 빠른 속도로 귀항한 피니스테레호는 아이센 대협만의 끝에 위치한 차카부코 항에 정박했다. 그곳에는 사리타가 닐센 선장 지인들의 보호를 받으며 요양 중이었다.

우리는 차카부코 항을 떠나 코이아이케로 이동했고, 거기서 산티아고 행 비행기를 타기 위해 아르헨티나와의 국경에 위치한 발마세다로 향했다.

산티아고 행 비행기로 남아메리카 대륙을 종단하는 동안, 나는 깊은 감회에 빠져 있었다. 닐센 선장과 페드로 치코 그리고 피니스테레 호와 작별한 지 불과 며칠밖에 되지 않았는데도 모든 게 까마득한 옛 일 같았다.

"선장님, 이제 무엇을 하실 생각입니까?"

"피니스테레 호가 바다에 떠 있는 한, 내가 할 일은 항해요. 그린피스 사람들에게 한번 생각해 보라고 얘기하시오. 아주 좋은 배요."

"상상할 수 있는 최고의 선원도 빠뜨리면 안 되겠군요."

"할 수 있는 것을 해내니까요. 페드로, 안 그래?"

"선장님, 저는 우리가 다시 만나게 될지 모르겠습니다. 이번에 제가 봤던 것에 대해 뭔가를 쓰게 될지, 그것도 모르겠습니다. 함부르크를 떠나기 전에 그린피스 사람들이 이 기장을 주더군요. 그린피스 조직을 상징하는 엠블럼인데, 저보다는 피니스테레 호의 돛대에 더 어울릴 것 같네요."

"고맙소. 우리도 당신에게, 아니 당신 아들에게 줄 선물을 하나 준비했어요. 혹시 바닷소리를 듣고 싶다며 조개껍데기를 부탁하지 않던가요?"

산티아고, 부에노스아이레스, 리우데자네이루……. 하얀 운무 밑으로 대서양이 보였다.

"얘기 좀 하세요, 가짜 함부르크 씨. 지금 무슨 생각을 하고 있어요?"

"당신을 병원에 데려갈 생각. 이제 곧 테니스를 칠 거고, 맥주도 질리도록 마셔야 할걸."

"당신은 아무것도 안 쓸 거예요. 안 그래요? 모든 건 위대한 비밀처럼 당신에게만 남겠네요. 당신이 보았던 게 무엇이든 당신에게 그랬을 테니까요. 당신도 거기 출신이라고, '거기 출신이란 것'은 곧 침묵의 서약이라고."

"무엇을 쓰게 될 것인지 그건 나도 모르겠어. 그렇지만 당신에게, 그린피스 사람들에게, 내 동업자들에

게 꼭 한 번은 얘기할 생각이야. 그 이야기를 믿고 안
믿고는 각자의 마음이지만. 그리고 내가 거기 출신이
란 것을, 그래, 그렇게까지 느껴 본 적이 없었어. 나는
지금 닐센 선장의 말을 생각하고 있어. 그분은 나에게
자신의 삶을 얘기하면서 지금은 존재하지 않는 어떤
배를 언급했는데, 그 배와 가장 가깝게 연상되는 게
조국이라고……."

20시간 후면 유럽이다.

사리타는 모든 위협으로부터 벗어나 평온하게 잠들
어 있었다. 문득 나는 아이들과의 재회를 떠올렸다.
닐센 선장과 페드로 치코의 멋진 선물을 받아 든 큰아
들의 얼굴이 눈에 선했다.

나는 가방에서 남극 바다에만 존재하는 커다란 연
체동물인 로코[24]의 껍데기를 꺼내 가만히 귀에 대보
았다. 그랬다. 그것은 격렬한 내 바다의 메아리였다.
내 바다의 거칠고 건조한 소리이자, 영원한 비극적 음
향이었다.

무심코 기내의 통로를 사이로 옆 좌석에 앉아있는

---

24) loco 전복의 한 종류로 크기가 크다 -역주

소년에게 눈길이 간 것은 어쩌면 내 아이들을 떠올렸기 때문이리라. 열세 살쯤 되었을까. 소년은 어떤 모험에 흠뻑 빠져들었는지 미간을 찡그리며 책을 읽고 있었다.

나는 창피한 줄도 모른 채 몸을 기울여 책 표지를 훔쳐보았다.

소년은《모비 딕》을 읽고 있었다.

세풀베다 산문 문학의 총체

루이스 세풀베다의 문학은 그의 상징 같은 생태 문학과 자전적 기행 문학, 느와르 문학 그리고 우화의 성격을 띤 동화 문학으로 분류할 수 있다. 특히 거의 모든 세대의 독자가 찾는 그의 생태 소설과 동화는 간결하고 명쾌한 메시지가 담긴 짧은 분량에 탐정 소설 같은 매커니즘이 적용되어 책 읽기의 흥미를 배가시킨다.

이 책 《세상 끝의 세상》은 짧은 분량에 3부로 구성된, 세풀베다만의 장르인 환경 소설이자 기행 소설이다. 정치적 박해를 피해 독일에서 언론인으로 일하던 한 칠레인이 자신의 고국으로 돌아간다. 남극의 바다에서 벌어지는 불법 고래 포획의 만행을 고발하기 위해서다. 그 여행은 한편으로 모험 소설을 꿈꾸던, 그리하여 방학 기간에 포경선의 수습 선원으로 일했던 자신의 어린 시절로 돌아가는 여행이기도 하다. 그는 그 바다를 지키는 이들을 통해 경이로운 사실을 듣고 보게 된다.

이 작품은 1970년대 피노체트 군부에 저항하다 구속되고, 엠네스티의 개입으로 풀려나 남아메리카를 전전하던 작가가 아마존의 수아르 족과 함께 했던 경험을 소설로 형상화한 《연애 소설 읽는 노인》이 그러하듯, 80년대에 유럽으로 이주해서 프리랜서 언론인이자 그린피스 요원으로 활동하던 경험을 바탕으로 씌어졌다.

이 책에서 칠레인은 작가 세풀베다 자신이다. 작가가 안내하는 지구 남단의 세계는 아마존처럼 대규모 벌목 같은 환경 파괴로 몸살을 겪고 있다. 약탈적 포경 산업도 그중 하나이다. 그러나 그 바다를 지키며 살아가는 뱃사람들의 언어를 통해 들려주는 고래 떼의 처절한 사투는 대자연의 역습으로, 이러한 불가사의한 장면은 작가가 평생을 두고 천착한, 인간성 회복을 통한 인간과 인간, 인간과 자연의 공존을 역설하는 메시지로 읽힌다. 나아가 그들이 풀어놓는 유럽인들의 해적질이나 원주민 학살 같은 이야기는 라틴아메리카의 수난의 역사에 대한 증언이자, 강대국들의 침탈이 이러한 생태계 문제와 동일한 맥락에서 여전히 진행 중임을 암시한다.

한편 여행길을 재촉하는 공항에서, 차가운 남극 바다에서 담담하게 드러나는 조국에 대한 칠레인의 심경에는 작가가 처한 현실이 투영되어 있다. 세풀베다가 정의하는 조국은 -칠레의 진정한 민주주의의 회복을 위해- 무조건적인 용서와 망각이 아니라 책임 규명과 진솔한 반성이 선행되어야 하는 나라이며, 이러한 그의 소신은 자신의 모국이 '에스파냐어'라는 지구촌 개념으로 확장된다. 이밖에도 크고 작은 해협과 만년설의 풍광과 전설들, 생생한 대화체로 주고받는 파타고니아 지방과 칠로에 섬 스타일의 위트와 농담까지, 이런 의미에서 이 책 《세상 끝의 세상》은 소설 장르의 미덕을 고루 갖춘 세계적인 작가 세풀베다 산문 문학의 총체일 것이다.

　이 번역서는 20여 년만의 재작업 결과물이다. 새로운 번역 앞에서 새삼 느끼는 소회가 있다면, 역자가 기억하는 인간 루이스 세풀베다는 거구에 사파리를 즐겨 입던 순수한 청년 공산주의 전사이자 아나키스트였고, 우리가 모르거나 모르는 체하는 불편한 진실 앞에서 결코 외면하지 않는 행동하는 지성이자 양심이었다. '나는 가끔 돌고래들이 우리 인간보다 훨씬 더 예민하고, 더 지혜롭다고 생각해요. 이놈들은 계급제도를 받아들이지 않는 유일한 동물이자, 바다의 무정부주의자들이거든요.'

　2020년 4월, covid-19로 인한 안타까운 그의 죽음을 이 기회를 빌려 다시 기린다.

Descanse en paz...

세상 끝의 세상

초판 1쇄 | 2023년 4월 15일

지은이 | 루이스 세풀베다
옮긴이 | 정창
디자인 | S design
편   집 | 박일구
펴낸이 | 강완구
펴낸곳 | 써네스트
출판등록 | 2005년 7월 13일 제2017-000293호
주   소 | 서울시 마포구 망원로 94, 203호
전   화 | 02-332-9384   팩 스 | 0303-0006-9384
이메일 | sunestbooks@yahoo.co.kr
ISBN 979-11-90631-62-4 03870 값 12,000원